W0466941

Georg hielt die Leiter, an seinem Geburtstag. Sein Blick auf Frau Lemkes Knöchel gerichtet, während sie am Griff des oberen Küchenfensters zog, das sich über den Winter verhakt hatte. Ohne seinen Gegendruck würde die Leiter schwanken, und er sagte Frau Lemke, dass sie vorsichtig sein solle. In ihrem Alter. Sie lächelte ihn von oben an, dieses Lächeln, das besagte, dass sie sehr wohl in der Lage war, ihre Fenster selbst zu öffnen. Seine Befürchtung, dass sie eines Tages stürzen und sich verletzen würde, behielt er dieses Mal für sich. Er wünschte, sie würde auf ihn hören.

Mit einem Ruck zog Frau Lemke das Fenster auf, und in diesem Moment brach ein Sonnenstrahl durch den wolkenverhangenen Märzhimmel, schien auf den Geburtstagstisch, den sie für Georg gedeckt hatte, genauso wie damals, als er mit acht Jahren in den Osterferien zum ersten Mal bei ihr gefeiert hatte, weil seine Eltern keine Zeit für ihn gehabt hatten. Was auch immer in seinem Leben geschah, so dachte er, an seinem Geburtstag wartete der von Frau Lemke gedeckte Tisch auf ihn.

Frau Lemke wandte ihr Gesicht Richtung Sonne, schloss die Augen. »Die ersten Strahlen nach dem Winter sind die schönsten«, sagte sie, und er stimmte ihr zu. Auch er hielt sein Gesicht in die Sonne.

»Georg«, sagte Frau Lemke. Die Art, wie sie das E in seinem Namen betonte, ein kurzes, spitzes E, ließ ihn aufhorchen. »Nächstes Jahr werde ich wahrscheinlich nicht mit dir deinen Geburtstag feiern können«, sagte sie.

Ihr angestrengtes Lächeln und ein Kneifen in seinem Magen sagten ihm, dass es nicht das übliche Flunkern zwischen ihnen war.

»Wolfgang will mich nach New York holen. Er möchte mich bei sich haben, jetzt, wo ich älter werde.«

Wolfgang.

Der auf den Familienfotos im Flur so unschuldig aussah, ein kleiner Junge auf dem Arm seiner Mutter oder auf einem Pony reitend. Georg fragte sich, ob es das Schwarz-Weiß war, das alles fiktionalisierte. Eine glückliche Familie auf Fotopapier, fernab der Wirklichkeit. Wenn man die Fotos genauer betrachtete, und das hatte Georg getan, konnte man Wolfgangs stechenden Blick erkennen, damals schon. Dass seine Augen eng zusammenstanden, verstärkte diesen Eindruck.

Wolfgang bedeutete Ärger, so viel hatte Georg mitbekommen über die Jahre. Er glaubte ihm nicht, dass er sich um seine Mutter kümmern wollte, kein Wort.

Frau Lemke, immer noch auf der Leiter, nickte Georg zu. Er wusste, was sie ihm sagen wollte: Mach dir keine Sorgen, alles in Ordnung. Obwohl nichts in Ordnung war.

»Seit Debbies Auszug gibt es genug Platz in seiner Wohnung, hat Wolfgang gesagt.«

»Schön.«

Georgs Magen hatte sich zusammengezogen. Dabei sollte dieser, sein 46. Geburtstag, fröhlicher werden als der im Jahr davor. Er hatte zu seinem Ehrentag ein Hemd unter die Kapuzenjacke gezogen und trug die neuen roten Turnschuhe, die er sich gegönnt hatte und die er bereits in Grün und in einem knalligen Blau besaß. Am Abend würde er sich mit seinem Freund Kai in einer Kneipe treffen. Alles hatte Georg geplant, damit es ein guter Geburtstag werden würde, der zweite ohne Linda, genau 557 Tage nachdem sie mit nichts außer einer kleinen Tasche seine Wohnung verlassen hatte.

Frau Lemke griff die Holme der Leiter und setzte einen Fuß nach dem anderen nach unten. Eine Mischung aus Rosenwasser und Haarspray zog an ihm vorbei, versetzte ihn zurück in die Zeit, als er ein kleiner Junge war, zu Besuch bei seinem Opa in Berlin, und morgens nur darauf wartete, bis er endlich die drei Stockwerke zu Frau Lemke hinuntergehen durfte.

Sicher mit beiden Beinen auf dem Boden angekommen, richtete Frau Lemke die Schleife ihrer elfenbeinfarbenen Seidenbluse, steckte eine Haarsträhne zurück an ihren Platz und strich ihre Stoffhose glatt. Er musste lächeln. Eine geborene von Bülow, die immer auf ihre Kleidung bedacht war.

»Dann mache ich mal Kaffee«, sagte Frau Lemke.

»Kann ich Ihnen helfen?«, fragte Georg, wohl wissend, dass sie es nicht leiden konnte, wenn ihr jemand in der Küche in die Quere kam.

Sie winkte ab. Georg stellte die Leiter in die Abstellkammer, am liebsten hätte er sie ganz aus der Wohnung geschafft, und setzte sich zu Ruthchen auf das rote Sofa, das Frau Lemke in die Küche gestellt hatte, weil sie hier lieber saß als in ihrem Wohnzimmer. Es war das Sofa ihrer Eltern, auf dem man nur sehr gerade sitzen konnte und bei dem man deutlich die Sprungfedern spürte. Er beobachtete Frau Lemke, wie sie leise mit dem Papierfilter schimpfte, ihn erst öffnen konnte, nachdem sie ihren Zeigefinger befeuchtet hatte, und sich dann auf die Zehenspitzen stellte, um den Filter in die Kaffeemaschine einzulegen. Er konnte sich nicht vorstellen, dass Frau Lemke nicht mehr hier, in seinem Haus, drei Etagen unter ihm lebte.

Ruthchen drehte ein Ohr in seine Richtung, er streichelte sie. Seit ein paar Wochen begrüßte sie ihn kaum noch, schlief sehr viel. Vergangene Woche hatte er sie zum Tierarzt gebracht, obwohl der Geruch nach eitrigen Infektionen, wie er ihn sich vorstellte, ihn immer aufstoßen ließ. Der Tierarzt konnte nichts feststellen, meinte, Ruthchen sei eben eine alte Dame.

»Gutes Mädchen«, sagte Georg. Ihr weiches Fell erinnerte ihn daran, wie Linda und er die Katze nach einer Clubnacht in einem Hauseingang gefunden hatten, abgemagert, ein handgroßes Fellknäuel. Sie hatten sie zu Frau Lemke gebracht, weil sie dachten, sie wäre einsam in ihrer großen Wohnung. Sie hatten die Katze Tiger-Lily genannt, wegen ihres gestreiften Fells, aber Frau Lemke nannte sie sofort Ruthchen, nach einer Freundin aus Kindertagen. Die Aufregung, als Ruthchen einmal einen Vogel auf dem Balkon gefangen und in die Wohnung gebracht hatte. Frau Lemke war außer sich gewesen, Georg hatte das totgebissene Tier nicht anfassen können, weil er sich vor toten Tieren ekelte und sie im Übrigen auch nicht aß. Es war schließlich Linda gewesen, die den Vogel aufgehoben und im Hinterhof begraben hatte.

»Hat Ruthchen heute gegessen?«, fragte er.

»Nicht viel. Ich glaube, wir müssen ihr einfach mehr anbieten.«

Kaffeeduft erfüllte den Raum, auf dem Tisch wartete der Schokoladenkuchen, den Frau Lemke immer an seinem Geburtstag buk. Das Meißner Porzellan, das sie nur zu besonderen Anlässen aus dem Wohnzimmer holte. Er hatte sich vorgenommen, den Tag freudig zu begehen, doch er musste sich eingestehen, während er mit seinen neuen roten Turnschuhen in Frau Lemkes Küche saß, dass nichts in seinem Leben funktioniert hatte. Seine Freundin befand sich auf der anderen Seite des Erdballs, in Australien, und er wusste nicht, wann sie zurückkehren würde. Seinen Job beim Radio hatte er hingeschmissen, keine Karriere, keine Kinder, der Freundeskreis über die Jahre in Kleinfamilien entschwunden. Ihm blieb das Berliner Haus, das sein Großvater ihm vererbt hatte, und seine wichtigste Mieterin, Frau Lemke. Die ihn verlassen würde. Und ihre altersschwache Katze.

Ruthchen setzte sich auf, streckte sich und legte sich in sicherer Entfernung von ihm wieder hin. Er checkte seine Mails, keine Nachricht von Linda. Seit fünf Monaten hatte sie ihm nicht mehr geantwortet, nachdem er ihr zuletzt mehrmals am Tag geschrieben hatte, um aus ihr herauszubekommen, wann sie nach Hause kommen würde. Erst später, als sie weiter schwieg, hatte er verstanden, dass sie Zeit brauchte.

Eine Nachricht von Kai: *Sorry, Hannah-Luna ist krank, ich kann heute Abend nicht. Morgen okay? Happy Birthday.*

Der Tag entwickelte sich zu einem der trübseligsten Geburtstage, die er je erlebt hatte. Fast noch schlimmer als der im vergangenen Jahr, als sich zumindest alle Mühe gegeben hatten, ihn aufzumuntern.

Frau Lemke zündete die Kerzen an, klatschte in die Hände, rief: »Dann wollen wir mal.«

Ruthchen wandte ihnen den Rücken zu, drehte die Ohren aber in ihre Richtung. Er wartete, dass Frau Lemke den Kuchen anschnitt und die Stücke auf die Teller verteilte, mit einem Klacks Sahne an der Seite.

»Alles Gute, mein lieber Georg.«

Die Schokolade schmolz in seinem Mund, das Süße und leicht Bittere zugleich. Er nahm einen Löffel Sahne nach, wie zum Neutralisieren, hatte aber Probleme, den Bissen hinunterzuschlucken.

»Wollen Sie wirklich hier weg? Und wann?«

Frau Lemke rührte in ihrer Tasse, zog die rechte Augenbraue über die Mitte der Stirn, wie nur sie es konnte.

»Ich habe Wolfgang gesagt, dass Ruthchen zu alt ist für den Umzug. Aber wenn sie mal nicht mehr ist«, beide blickten auf die schlafende Katze, »dann ziehe ich zu ihm nach New York.«

»Und Ihre Wohnung wollen Sie aufgeben?«

Sie strich eine Falte in der Tischdecke glatt. »Noch lebt Ruthchen.«

Das Haus und Frau Lemke waren für ihn untrennbar miteinander verbunden. Ihr Vater hatte es gebaut, sie war hier geboren, hatte immer in dieser Wohnung gelebt. Später zwang ihre finanzielle Situation sie dazu, das Haus zu verkaufen. Sein Opa hatte es gekauft, und jetzt kümmerte sich Georg darum – und um sie. Das war seine Aufgabe.

Seine erste Begegnung mit Frau Lemke war noch vor seiner Einschulung gewesen. Er erinnerte sich, wie er sich auf der Treppe im Hausflur zufällig genau vor ihre Tür gesetzt hatte, weil er sich nicht weiter hinuntergewagt hatte und gleichzeitig nicht zurück in die Wohnung gehen wollte, in der sich sein Opa und seine Eltern gegenseitig anschrien. Keiner hatte bemerkt, dass er sich hinausgeschlichen hatte, weil die Stimmen so laut gewesen waren und seine Mutter begonnen hatte, Türen zu knallen und Gegenstände zu werfen, wie immer, wenn sie wütend war. Er erinnerte sich an die Scherben der geblümten Tassen, die er so mochte, auf dem Holzboden, doch er erinnerte sich nicht, worüber sie gestritten hatten, nur, dass er auf der Treppe gesessen und gewartet hatte, dass ihn jemand zurückholte, wenn sie bemerkten, dass er fehlte. Aber niemand war gekommen, er hatte gefroren, und die Zeit war ihm endlos lang erschienen. Schwere Schritte auf der Treppe und ein Schnaufen, er hatte sich an die Wand gedrückt. Noch heute sah er Frau Lemkes Lachen vor sich, als sie die Treppe heraufgekommen war, ihre funkelnden Augen.

»Da braucht aber jemand eine heiße Schokolade«, hatte sie nur gesagt.

Er hatte genickt und sich die Tränen weggewischt, die herausgekommen waren, obwohl er es ihnen verboten hatte, weil er wusste, dass sein Vater sich über ihn lustig machen und ihn beschimpfen würde. Frau Lemke hatte ihre Wohnungstür geöffnet, die beiden prall gefüllten Einkaufstaschen hochgehoben, und sie waren hineingegangen.

Er wusste nicht mehr, wer ihn später abgeholt hatte, ob seine Eltern ihn getadelt hatten. Manchmal war er sich auch nicht sicher, ob es wirklich seine Erinnerungen waren oder ob sie sich aus Frau Lemkes Erzählungen zusammengesetzt hatten, die mit »Weißt du noch, als ich dich damals auf der Treppe gefunden habe« begannen. Aber er wusste sicher, dass sie seitdem Freunde gewesen waren, dass er sich immer zu ihr flüchten konnte, dass sie mit seinen Tränen umgehen konnte. Er war ein weinerlicher Junge gewesen, dagegen hatte er nichts machen können.

Sie hatte ihm beigebracht, die Spinnen in der Wohnung zu akzeptieren, ihr konnte er all die kleinen Hirngespinste erzählen, die er sonst niemandem anvertraute. Als er dachte, dass ihm jemand im Badezimmer auflauerte, und er deshalb nicht auf Toilette gehen konnte, meinte Frau Lemke, sie gehe mal hinein und spreche mit demjenigen.

Dann kam sie zurück und sagte zu einer imaginären Person: »So, jetzt sag Georg, was wir besprochen haben, dass du ihn in Ruhe lässt.« Und nach einer kurzen Pause sagte sie: »Das hast du sehr gut gemacht, jetzt kannst du dir einen Keks aus dem Küchenschrank nehmen, aber nur einen«, und gab Georg ein Zeichen, dass er schnell ins Badezimmer gehen solle.

So war das mit Frau Lemke gewesen. Er hatte nie verstanden, warum diese milde, witzige Frau einen Sohn hatte, der immer wütend auf seine Mutter zu sein schien, dem sie, soweit Georg das mitbekommen hatte, nie etwas recht machen konnte.

Georg blickte auf den restlichen Kuchen auf seinem Teller, der Geschmack schien für alle Zeiten verdorben. Frau Lemke betupfte sich den Mund mit der Serviette, zwinkerte Georg zu und gab ihm noch ein Stück. Er zerteilte den Kuchen, schob die Stücke hin und her, er war nicht bereit für Veränderungen. Die schlafende Katze musste so lange wie möglich leben, das war das Geburtstagsgeschenk, das er von Ruthchen erwartete, dafür, dass er sie damals hierhergebracht hatte.

»Könntest du morgen ein wenig Katzenfutter besorgen? Viele verschiedene Sorten, damit Ruthchen eine Auswahl hat? Sie ist so wählerisch geworden«, sagte Frau Lemke, und er nickte.

Wie immer, wenn Georg bei Frau Lemke klingelte, dauerte es eine Weile, bis sie den langen Flur heruntergegangen war und die Tür öffnete. Zwischendurch blieb sie an der Garderobe stehen, um ihre Frisur zu überprüfen, das wusste er. Meist nahm sie das Haarspray aus der barocken Kommode und sprühte kurz nach. Auch jetzt roch er es, als sie ihm die Tür öffnete, und er sah gleich, dass etwas nicht stimmte. Frau Lemkes Bluse war falsch geknöpft, zum ersten Mal, seit er sie kannte, war sie nicht tadellos gekleidet.

»Da bist du ja. Was hast du mitgebracht?«

Ihre Stimme klang brüchig, ihr Lächeln eine Bewegung des Mundes, die sich nicht in ihren Augen widerspiegelte.

Er hielt seinen Rucksack hoch: »Huhn in Aspik, Kaninchen in Gelee, Schlemmerfilet, zehn verschiedene Dosen, für Ruthchen nur das Beste.«

Jede Diele knarzte auf ihre Weise, als sie in kleinen Schritten darüberliefen, Georg darum bemüht, Frau Lemke nicht zu überholen. Die vielen Türen, die vom Flur abgingen, waren verschlossen, für ihn seit jeher ein Rätsel, was sich dahinter verbarg. Er kannte nur die Küche und die gute Stube, in der Frau Lemkes Mann bis zu seinem Ableben Zeitung lesend und schweigend in einem Ohrensessel gesessen hatte. Manchmal erhaschte

Georg einen Blick in das Schlafzimmer, wenn Frau Lemke etwas herausholte. Als er die Küche betrat, sah er die Katze zusammengerollt auf dem Sofa schlafen, wie immer.

»Ruthchen, wach auf, Georg hat dir etwas Feines mitgebracht.«

Georg ließ Frau Lemke die Dose öffnen, er ekelte sich vor Katzenfutter und wollte es nicht berühren. Mehrmals rutschte Frau Lemke mit dem Daumen von der Lasche ab, bevor es ihr gelang, den Deckel abzuziehen, und der Verwesungsgeruch, so bezeichnete es Georg, sich verbreitete. Er zog sein T-Shirt über die Nase. Frau Lemke löffelte den Inhalt in eine kleine Schüssel und hielt sie Ruthchen vor die Schnauze.

»Schau, Georg hat dir Huhn mitgebracht«, sagte Frau Lemke. »In Aspik.«

Ruthchen schaute nicht auf, bewegte sich nicht. Eine Fliege surrte vor Georgs Augen, er schlug nach ihr.

»Sie ist so schwierig geworden mit dem Essen«, sagte Frau Lemke. Die Katze reagierte nicht. Auch nicht, als Frau Lemke ihren Kopf streichelte.

»Sie muss sich mal richtig ausschlafen, dann geht es schon wieder.« Frau Lemke stellte die Schüssel neben Ruthchen auf das Sofa.

Die Fliege landete auf Georgs Hand, ihre Beinchen kitzelten auf seiner Haut. Als er die Fliege vertrieb, drehte sie zwei Kreise unter der Lampe, flog weiter und landete auf der Spitze von Ruthchens Ohr.

Kein Zucken, keine Bewegung.

Georg schaute Frau Lemke an, die seinem Blick

auswich. Sie drehte sich weg, sank in sich zusammen, wischte mit dem Geschirrtuch über das glänzende Spülbecken. Der Kuchen stand unter einer Tortenhaube auf dem Tisch, alles war wie gestern, und doch hatte der Tag seine Unschuld verloren. Ruthchen hatte ihr Versprechen nicht gehalten, nichts würde so sein, wie es war. Er atmete mit einem tiefen Seufzer aus, sagte: »Ach, Ruthchen, was machst du nur.«

Er setzte sich zu der Katze. Drei Mal musste er Anlauf nehmen, während Frau Lemke immerzu wischte, erst dann konnte Georg sich überwinden, Ruthchen mit den Fingerkuppen zwischen den Ohren zu berühren. Er streichelte ihren Kopf, über die Ohren, die ganz kalt waren. Die Katze bewegte sich nicht. Ihr Körper war hart. Der Tod hatte sich Ruthchen im Schlaf geschnappt, als er und Frau Lemke dachten, dass sie noch Zeit hätten, und Georg hoffte, dass New York bis in alle Ewigkeiten aufgeschoben wurde.

Frau Lemke drehte sich zu ihm um, sie sah aus, als wäre sie in eine Sturmböe geraten. Das Make-up um die Augen verschmiert, die Haare zerzaust, und auf einmal sah sie aus wie 84 Jahre, während er davor immer zu ihr gesagt hatte: »Frau Lemke, Sie sind ein Jungbrunnen.« Worauf sie gelacht hatte.

Mit Blicken verständigten sie sich darüber, was jetzt geschehen würde. Dass sie Ruthchen beerdigen, Frau Lemkes Wohnung, in der sie ihr ganzes Leben verbracht hatte, ausräumen und in Kisten packen würden. Dass Frau Lemke nach New York fliegen und in der Stadt, in einem Land, dessen Sprache sie kaum sprach, mit ihrem

Sohn und ihren Enkelkindern, die ihr fremd waren, die letzten Jahre ihres Lebens verbringen würde. In diesem Moment dachte Georg: So nicht, so haben wir nicht gewettet. Und da sie beide den Tod nicht thematisiert hatten, war er auch nicht da, und deshalb sagte er:

»Ich glaube, Ruthchen muss zum Arzt.«

Sie fuhr sich durch die Haare. Der Versuch, ihre Frisur zu ordnen, brachte sie noch mehr durcheinander.

»Ja«, sagte Frau Lemke. »Ein paar Tabletten, und dann hat sie wieder Appetit.«

»Haben Sie eine Decke, in die ich Ruthchen einwickeln kann?«

Frau Lemke verschwand ins Nebenzimmer, er kniete sich vor die Katze, hoffte, dass sie spontan die Augen öffnen würde, aber Ruthchen rührte sich nicht.

»Hier ist ihre Schlafdecke«, sagte Frau Lemke, als sie zurückkam. Ihre Augen waren wässrig.

»Perfekt«, sagte er. »Darin wickeln wir sie ein. Dann geht es ihr gut.«

»Ja, dann geht es ihr gut.«

Beide beugten sich über die Katze, Frau Lemkes Atem an seinem Ohr. Er musste sich zusammenreißen und die Katze so anheben, als wäre sie noch am Leben. Überhaupt, er musste sie berühren. Er hielt die Luft an und schob seine Hände unter Ruthchen, ihr Fell fühlte sich immer noch weich an. Er kämpfte gegen den Drang, seine Hände zurückzuziehen. Obwohl sie noch aussah wie Ruthchen, schien sie ihre wesentlichen Züge verloren zu haben, es war etwas Hartes, Grausames an ihr. Es musste schnell gehen, seine Bewegungen sicher sein. Er hob die Katze an und wickelte sie in die Decke, sodass der Kopf herausschaute. Er schluckte, versuchte, die Übelkeit, die in ihm aufstieg, zu ignorieren. Frau Lemke streichelte über die Decke.

»Ruthchen, meine Gute«, sagte sie. »Sie kommt doch gesund wieder, richtig?«

»Absolut, unser Ruthchen, na klar.«

Er drehte sich um, jetzt ging es nur noch darum, schnell hinauszukommen, sie nicht mehr anzuschauen, weder die Katze noch Frau Lemke. Langsam ging er über den Flur, damit sie ihm folgen konnte, hielt die eingewickelte Katze von sich weg wie ein Tablett. Redete vor sich hin, dass sie nur die richtige Medizin brauche und bald wieder Appetit habe.

An der Tür sagte Frau Lemke: »Mach es gut, meine Liebe.«

Georg sah die Fliege nicht, hörte aber, wie sie ihm in den Hausflur und die Treppe hinauf folgte.

Er legte Ruthchen direkt neben der Tür auf den Holzboden, das heißt, er warf sie mehr, als dass er sie legte, rannte ins Badezimmer und wusch sich die Hände, insgesamt drei Mal, mit Seife. Danach setzte er sich Ruthchen gegenüber auf den Boden, beobachtete sie. Er roch an ihr, ohne sie zu berühren, fragte sich, wann die Verwesung einsetzte, verfluchte sich und die Katze. Wenn sie einfach immer so weiterschlafen würde, dachte er.

Neben ihm lagen Lindas Sandalen, an der Garderobe hing ihre schwarze Lederjacke. Er hatte alles so gelassen, wollte den Moment einfrieren, als sie gegangen war, damit sie genau dort weitermachen konnten, wenn Linda zurückkehrte. An den Wänden im Flur ihre Selbstporträts, Lindas Gesicht überdimensional groß in verschiedenen emotionalen Zuständen. Über Ruthchen das Bild, das Linda nach der ersten Fehlgeburt von sich gemalt hatte. Linda wüsste jetzt, was zu tun wäre, dachte er. Sie hatte immer eine Idee, wenn auch oft nicht die Lösung. Er legte eine Hand auf seinen Magen, als könnte er ihn beruhigen, stieß auf. Am Ende hatte Linda nur noch sich selbst gemalt, ihr Gesicht in dunklen Ölfarben, ihren Schmerz vergrößert in den langen Flur gehängt.

Eine Nachricht von Kai. Er schlug vor, dass sie sich am Abend in der Bar neben dem Haus trafen, in dem

Kai wohnte. Georg drückte das Anrufzeichen, er musste mit jemandem reden. Kai war einer der Letzten, der sich trotz Familie mit ihm traf, der noch Interesse an ihm hatte, obwohl sein Leben keine Aneinanderreihung von Anekdoten aus der Medienwelt mehr war. Georg beschäftigten jetzt Hausgeldabrechnungen, die Wasserleitungen, die dringend saniert werden mussten, die Erziehung seiner Mieter zur ordentlichen Mülltrennung und zu einem pfleglichen Umgang mit seinem Haus. Damit konnte er bei keinem Kneipengespräch punkten.

Kai und er hatten früher zusammen Konzertberichte im Radio gemacht, standen auf den Gästelisten sämtlicher Partys der Stadt. Als die neue Generation nachrückte und auf den Sitzungen überwiegend besprochen wurde, warum ein Interview zwanzig Sekunden zu lang war und deshalb der Jingle nicht rechtzeitig abgefahren werden konnte, ihre Konzertkritiken von drei Minuten auf dreißig Sekunden eingestampft worden waren, hatte sich Kai in eine dieser Agenturen an der Spree verzogen, wo er als Creative Director arbeitete, was auch immer das sein sollte. Georg mochte die Atmosphäre in den Agenturen nicht, er wollte auch keine Bücher schreiben, wie andere in seinem Metier. Er fand, er hatte genug Buchstaben in den Bildschirm getippt. Also blieb er beim Radio, und man hatte ihn, weil er zu lange dabei war, um ihn loszuwerden, in die Online-Abteilung abgeschoben, wo er die Internetseite des Senders verwaltete, Beiträge und Interviews zusammenfasste und einstellte. Er musste weiter zu den Sitzungen gehen, die ihn langweilten, um auf dem Laufenden zu bleiben, oder auch, um zu zeigen, dass er noch nicht an seinem Schreibtisch mumifiziert war. Die graue Eminenz in bunten Turnschuhen, damit hatte er sich abgefunden, obwohl seine Haare nur an den Schläfen ergraut waren.

Doch nachdem Linda gegangen war, war nichts mehr okay. Sein beschauliches Leben war sinnlos geworden, er konnte das Büro, die Sitzungen mit den ewigen Selbstdarstellern nicht mehr ertragen. Die Manie, das eben Gesagte erneut in eigenen Worten darbieten zu müssen. Die sich wiederholenden Themen, wie jedes Jahr bei den ersten Minusgraden vorgeschlagen wurde, man müsste mal etwas über obdachlose Jugendliche machen, und die Idee jährlich wie eine gänzlich neue gefeiert wurde. Im Frühjahr ging es um Tipps, wie man den Winterspeck loswurde, aber mit einem völlig neuen Ansatz, wie es hieß. Und im Sommer gab es den großen Check, welches Schwimmbad das beste der Stadt war. Während der Sitzungen verließ Georg immer mindestens ein Mal den Raum, ließ sich kaltes Wasser über die Arme laufen, schaute aus dem Fenster. Wenn er zurückkam, verhandelten seine Kollegen meist noch dasselbe Thema, nur dass andere Bedenken oder, schlimmer, neue Ideen eingeworfen worden waren.

Er wollte nicht mehr über das Internet reden, das man irgendwie in das Radio integrieren müsste, über *breaking points* und Höreraktionen. Kleine, unsinnige Geschichten, die keinen berührten und keinen interessierten.

Als einer der langjährigen Mieter seines Hauses, Herr Schmitt, in ein Pflegeheim umziehen musste und Georg die Fünf-Zimmer-Wohnung teuer an eine junge Familie vermieten konnte, hatte er eines Tages nicht seine Arme, sondern seinen Kopf unter Wasser gehalten. Er konnte es schaffen, hatte er unter dem kalten Strahl gedacht. Wenn er sich nur etwas einschränkte, käme er finanziell über die Runden. Mit nassen Haaren war er in die Sitzung zurückgekehrt und hatte gesagt, dass er jetzt gehen würde. Und nicht wiederkomme. Das Radikalste und im Nachhinein das Beste, was er jemals getan hatte. Er wusste noch, wie er auf dem Weg nach Hause in einem Imbiss eine Pizza gegessen hatte und wie außergewöhnlich es ihm vorgekommen war, um diese Zeit in der Stadt unterwegs zu sein, während die Kinder in den Schulen und die Erwachsenen in den Büros weggesperrt waren. Er hatte gesehen, wie der Pizzabäcker einer alten Frau mit Rollator die Tür geöffnet hatte, wie sie sich unterhielten, und Georg hatte den Eindruck, dass die Frau jeden Tag zum Mittagessen vorbeikam. Da hatte er gewusst, dass er mehr Menschlichkeit brauchte in seinem Leben. Zum ersten Mal seit Jahren hatte er, während er seine Pizza kaute, das Gefühl, am Leben teilzunehmen.

Er war sich sicher, dass der Sender froh war, den komischen Online-Typen los zu sein. Jetzt war er ein Typ mit einem Katzenproblem.

»Was geht«, sagte Kai.

»Es ist schwer zu erklären. Ich habe hier eine tote Katze, die nicht tot sein sollte, und ich weiß nicht, was ich machen soll.«

»Okay«, sagte Kai nach einer kurzen Pause. »Lass sie einäschern.«

»Nein, sie soll nicht weg.«

»Gut.« Georg spürte, dass Kai nach einer Lösung suchte, wie für einen seiner Kunden, immer kreativ um die Ecke gedacht.

»Sie soll einfach nur weiter hier sein, schlafen, irgendwas, aber sie muss zurück auf Frau Lemkes Sofa.«

»Alles klar bei dir, Georg?«

»Nein.«

»Ich muss zurück in mein Meeting, lass uns das heute Abend besprechen, ja?« Georg hörte Kai durch den Hörer lachen. »Lass sie doch ausstopfen«, sagte er noch, bevor er auflegte.

Georg kratzte sich am Kopf. Das konnte die Lösung sein. Ruthchen würde weiter auf dem Sofa schlafen, Frau Lemke würde nicht nach New York ziehen. Sie würden Zeit gewinnen, und er konnte herausfinden, was Wolfgang im Schilde führte.

Georg googelte und telefonierte, und nach einer halben Stunde hatte er jemanden gefunden, der versprach, ihm zu helfen, und bei dem er sofort vorbeikommen konnte. Ein Herr Schürmann. Er packte Ruthchen in eine Tüte und verließ die Wohnung, schaute nicht noch einmal zu Linda auf. Er wollte nicht wissen, was sie über die Sache dachte.

Über dem Tisch mit der Edelstahlplatte, auf den er Ruthchen gelegt hatte, saß eine Eule auf einem Ast und schaute auf sie herunter. Noch nie hatte Georg solch ein Tier aus der Nähe gesehen. Es war größer, als er sich vorgestellt hatte, und strahlte tatsächlich etwas Kluges aus. Ihm schien, als verfolgten die großen gläsernen Augen, wie er Ruthchen aus ihrer Decke wickelte. Neben der Eule, auch über dem Arbeitstisch, breitete ein Raubvogel seine Schwingen aus, seine Fänge packten eine Maus. Es roch nach abgestandener Luft und nach Desinfektionsmittel. Wie Ruthchen jetzt so dalag, sah sie richtig tot aus, fand Georg.

Herr Schürmann wischte seine Finger auf Brusthöhe an der Schürze ab, wo sich Flecken und Streifen zu einem abstrakten Gemälde vereinten, zog Ruthchens Auge auf, sodass der weißbläuliche Augapfel sichtbar wurde. Georg rieb seine Hand an seiner Jeans, allein der Gedanke, dass er Herrn Schürmanns Hand zur Begrüßung berührt hatte …

»Und die Augen brauchen Sie nicht? Wenn Sie Fotos von der Katze hätten, könnten wir sie so präparieren, dass sie sitzt und Sie anschaut, oder springt, so wie der hier.« Herr Schürmann zeigte auf den Luchs hinter sich, der sich scheinbar auf eine Beute stürzte.

»Nein, sie soll genau so, wie sie jetzt liegt, ausgestopft

werden, sodass sie quasi auf ihrem Sofa weiterschlafen kann.«

»Wir stopfen nicht aus, wir präparieren«, sagte Herr Schürmann. Alles an ihm wirkte bärig. Er war groß und rund, hatte Hände wie Tatzen, einen dichten Bart und wellige Haare. In den Sprechpausen brummte er »hm«.

Georg stieß auf. All die toten Tiere um ihn. Er hatte außer einem Kaffee am Morgen nichts zu sich genommen. Die Übelkeit hatte sich nicht gelegt, seit er Ruthchen bei Frau Lemke vom Sofa gehoben hatte.

»Wie lange ist sie schon tot? Kann ja noch nicht so lange sein«, sagte Herr Schürmann.

»Gestern Nachmittag hat sie noch gelebt.«

»Gut, dass Sie gleich gekommen sind. Wir nehmen keine Tiere, bei denen der Verwesungsprozess eingesetzt hat.« Er zog an dem Fell. »Ist alles noch ganz fest, sehen Sie?«

Georg wurde heiß.

»Ich kann sie einfrieren und mich nächste Woche dranmachen.«

»Erst nächste Woche? Ich brauche sie gleich, ich habe Frau Lemke gesagt, ich bringe sie sofort zurück.«

»Und Ihre Frau Lemke ist so neben der Kappe, dass sie glaubt, die Katze würde nur schlafen?«

»Nein, nein.« Georg merkte, wie der Stoff unter seinen Achselhöhlen feucht wurde. »Es ist nur so, dass die Katze auf ihrem Sofa liegen sollte und nirgendwo anders, das würde es Frau Lemke leichter machen.«

»Ich habe gerade einen Fuchs aufgetaut, den muss ich jetzt erst mal machen.«

»Frau Lemke braucht ihre Katze, bitte.« Georg wunderte sich selbst über seinen flehenden Ton. Herr Schürmann zupfte an seinem Bart, wie er an Ruthchens Bauch gezupft hatte.

»Ich kann es machen.«

Eine Frauenstimme aus dem hinteren Teil der Werkstatt, neben dem Fenster, der einzigen Stelle, an der Tageslicht in den Raum gelangte. Hinter dem Arbeitstisch, den er nicht wahrgenommen hatte, hinter zwei farbenfrohen, prächtigen Papageien und einem Waschbären tauchte eine Frau auf, schob sich die Schutzbrille wie eine Sonnenbrille in die Haare.

»Ich kann es machen«, sagte sie noch einmal und schritt auf Georg zu, majestätisch, der Kopf wie eine Krone auf dem letzten Halswirbel thronend, das schwarze Haar zu einem Pagenkopf geschnitten. Für einen kurzen Moment dachte er, es wäre Linda. Die gleiche Zwanziger-Jahre-Frisur, die markante Nase, die durch die kurzen Haare umso mehr betont wurde, der gleiche erhabene Gang. Nach Lindas Abreise hatte er immer wieder gemeint, sie zu sehen. In einer Warteschlange eine Jacke wie ihre, auf der Straße eine Frau mit ihrer Figur, eine Geste, und er dachte für einen kurzen Moment, Linda wäre zurück und wollte ihn überraschen. Aber das hier, inmitten toter Tiere, das hier war stärker.

Die Frau nickte ihm zu und streichelte Ruthchen, als lebte sie noch, als wollte sie sie beruhigen.

»Caro, du hast doch gar keine Zeit. Das Frettchen ist dran, und morgen bist du wieder im Naturkundemuseum«, sagte Herr Schürmann.

Sie schaute Georg in die Augen, von oben herab, weil sie ein wenig größer war als er, eine schlanke, komplett in Schwarz gekleidete Gestalt. Ihr Blick war intensiver als Lindas, die zumeist schnell weggeschaut hatte, dachte Georg.

»Es scheint sehr dringend zu sein«, sagte sie.

Georg nickte.

»Wenn du sie abhäutest, kann ich in einer Stunde anfangen«, sagte sie zu Herrn Schürmann. Und zu Georg: »Aber es dauert auf jeden Fall bis übermorgen. Kriegen Sie das hin?«

Er würde Frau Lemke sagen, dass Ruthchen im Tierkrankenhaus wäre, sozusagen.

Die Frau streichelte Ruthchen, ertastete das Tier. »Und sie soll genau so schlafen?«

Georg bejahte.

Sie war älter als Linda, die Falten um die Augen tiefer, am Scheitel sah er einen weißen Ansatz.

»Wie heißt sie denn?«

»Frau Lemke.«

»Nein, die Katze.«

»Ruthchen, sie heißt Ruthchen.«

Herr Schürmann schnaufte laut neben ihnen, als wolle er die Dinge beschleunigen, so kam es Georg vor. »Da können Sie froh sein, dass meine Tochter ein so großes Herz hat.«

Sie machte mit ihrem Handy Fotos von Ruthchen, dann sagte sie zu ihrem Vater: »Du kannst loslegen.«

Herr Schürmann rieb sich die Hände, drehte Ruthchen auf den Rücken, zog an ihren Beinen, klappte sie vor und zurück, als machte er Lockerungsübungen mit ihr. Georgs Magen zog sich zusammen, wie ein Überraschungsangriff, er krümmte sich leicht nach vorne.

Die Frau lächelte ihn an: »Gehen Sie ruhig, ich melde mich bei Ihnen.«

Kai saß schon am Tresen, als Georg die Kneipe betrat. Georg rief ihm zu, dass er ihm ein Bier bestellen solle, und lief direkt zur Toilette, wo er sich mit der pinkfarbenen Seife aus dem Spender die Hände wusch. Drei Mal, seine magische Sauberkeitszahl. Erst dann verschwand das Gefühl, der Tod hätte sich auf seine Hände gelegt und in den Poren festgekrallt. Die Seife roch zu süß, zu chemisch, deshalb ließ er lange das Wasser über seine Hände laufen. Das Kribbeln, das er während der Fahrradfahrt gespürt hatte, ließ nach. Er dachte erst, es käme vom Kopfsteinpflaster, aber die wahre Ursache war, dass er sich nicht die Hände gewaschen hatte, nachdem er Ruthchen auf der Metallplatte abgelegt und Herrn Schürmanns Hand geschüttelt hatte. Eine Hand, die zuvor Dinge berührt hatte, die Georg sich nicht vorstellen mochte. Während der Fahrt hatte er den Tod aus seinen Lungen vertrieben, die fruchtig süßen Düfte der Shisha-Bars, die orientalischen Gewürze der Imbisse auf der Straße tief eingeatmet. Kai wohnte im angesagtesten Viertel der Stadt, während Georg noch immer dort lebte, wo nur wenige Trends ankamen. In dem Haus, das seinem Opa gehört hatte, zu dem er mit sechzehn Jahren gezogen war.

»Alles Gute, mein Lieber! Du bist ja ziemlich durch den Wind«, sagte Kai.

Georg trank in einem Zug die Hälfte seines Bieres aus.

»Ich habe mir wirklich Mühe gegeben, meinen Geburtstag positiv anzugehen.«

Georg brannte darauf, Kai zu erzählen, dass er herausfinden musste, was Wolfgang vorhatte, warum er sich auf einmal für seine Mutter interessierte. Dass Georg Frau Lemkes Umzug nach New York verhindern musste. Seine merkwürdige Begegnung mit dem Tierpräparator und vor allem mit dessen Tochter, die Linda so ähnelte. Aber dann bemerkte er Kais dunkle Augenringe, sein fahles Gesicht, in dem alle Linien nach unten zogen.

»Was ist mit dir los?«

Kai kleidete sich immer noch wie in seinen Zwanzigern, mit langen, zurückgegelten Haaren und schwarzem Jeanshemd. Mit einer Kette an der Gürtelschlaufe, die zu seinem Portemonnaie in der Hosentasche führte.

»Kein Sex, schlaflose Nächte und eine Freundin, die sich für das Kind aufopfert, als gäbe es den Titel ›Mutter des Jahrhunderts‹ zu gewinnen.«

Kais Handy vibrierte, er schaute darauf und verzog das Gesicht.

»Lea ist sauer, dass ich noch mal raus bin. Aber wenn ich noch nicht einmal einen Kumpel in der Kneipe treffen kann, um seinen Geburtstag nachzufeiern, das ist doch kacke.«

Seit Linda weg war, hatte Georg das Gefühl, in Sachen Beziehungen nicht mehr mitreden zu können, schon gar nicht, wenn es um Beziehungen mit Kindern ging. Georg roch an seinen Händen, der Seifengeruch klebte an ihnen.

»Ich beneide dich, ich beneide dich wirklich«, sagte Kai. »Du kannst machen, was du willst.«

Georg schaute sich um, die Bar war voller junger Leute, die Englisch oder Spanisch sprachen. Er hatte nicht das Gefühl, dass hier irgendetwas oder irgendjemand auf ihn wartete. Die Jahre waren an ihm vorbeigezogen, seine Generation hatte ihren Platz gefunden in ihren Familien oder Karrieren, nur er hatte die Abzweigung verpasst.

»Linda hat mir nicht zum Geburtstag gratuliert«, sagte Georg.

Kai zog die Luft zwischen den Zähnen ein, steckte sein Hemd in den Hosenbund, strich es glatt.

»Georg, du solltest loslassen. Warum schaust du nicht nach vorne, eine neue Liebe, eine neue Beziehung?«

Kai hatte Kontakt zu Linda, das wusste Georg. Und Kai konnte schlecht lügen.

»Du weißt was, oder?«

Auf den Tischen wurden Aschenbecher verteilt, Kai zündete sich eine Zigarette an, wedelte den Rauch weg: »Das gibt wieder Ärger, Lea kann es nicht ausstehen, wenn ich nach Hause komme und nach Rauch rieche. Sie sagt, das verpestet die ganze Wohnung.«

Georg überlegte, ob er mitrauchen sollte, wusste aber, dass er davon am nächsten Tag Kopfschmerzen bekam. Kai lenkte vom Thema ab, das kannte Georg.

»Es ist so anstrengend zwischen uns. Lea ist so anders, seitdem das Kind da ist. Ich dachte immer, sie wäre die coolste Frau der Welt, und jetzt ist sie nur noch«, er machte eine Pause, schien nach der richtigen Formulierung zu suchen, »kleinlich, sie ist kleinlich.«

Kais Handy vibrierte, er schaute darauf, rollte die Augen.

»Super, ich habe die falschen Windeln gekauft, falsche Größe. Ich habe einfach nicht so ein Gehirn wie sie, ich kann mir all diese Dinge nicht merken.«

»Und mit Listen?«, fragte Georg. Lindas Schweigen klang laut und bedeutungsvoll in seinen Ohren.

»Die Jacke muss so geknöpft, der Schal so gebunden werden. Außerdem ist unsere Wohnung zu klein, und jetzt haben wir auch noch eine Mieterhöhung bekommen, 100 Euro mehr im Monat. Wir finden nichts Größeres, und gleichzeitig können wir nicht so eng wohnen. Weißt du, wie lange ich schon meine Gitarre nicht mehr angefasst habe? Ich habe sie weggepackt, damit Hannah-Luna sie nicht kaputt macht. Ich bräuchte ein eigenes Zimmer.«

»Bei mir ist nichts frei«, sagte Georg. Die Antwort war über die Jahre zum Reflex geworden.

»Und dann will sie ein zweites Kind.« Kai schüttelte den Kopf, Verbitterung im Gesicht. »Ich kann das einfach nicht, das frisst mich auf. Ich bin E-Gitarre und nicht Benjamin Blümchen. Die Musik zu Hause macht mich krank.«

In diesem Moment schlang sich eine Frau von hinten um ihn. »Na, du hier?«

Kai richtete sich auf, drückte seine Brust durch. »Klar, mit einem Kumpel ein Bier trinken.« Er zeigte auf Georg. »Das ist mein alter Freund Georg. Und das ist Madeleine, Junior Creative Assistant, wir arbeiten gerade zusammen an einem Projekt.«

Georg beobachtete, wie Kai in die Rolle des aufgekratzten Creative Director schlüpfte und den gestressten Familienvater vergaß. Sie redeten über das Projekt, an dem sie gerade arbeiteten, und hatten ihre ganz eigene Sprache, sagten Sätze wie: »Wir brauchen Content«.

Georg betrachtete Madeleine von der Seite, ihre glatt geföhnten Haare, ihr akkurates Make-up, ein wenig zu tussig für seinen Geschmack. Sie lächelte ihm zu, als wolle sie ihn ins Gespräch einbeziehen. Seltsamerweise fanden Frauen ihn oft interessant, eine hatte einmal zu ihm gesagt, dass er so hilfsbedürftig wirke, was sie als Kompliment gemeint hatte, aber er konnte sich nicht vorstellen, was daran attraktiv sein sollte.

»Dahinten sind meine Freunde, kommt doch mit«, sagte Madeleine.

Kai richtete sich auf und steckte wieder sein Hemd in die Hose, gab ihm ein Zeichen, dass sie mitgehen sollten.

»Wir kommen gleich nach«, sagte Georg.

Als Madeleine sich zu ihren Freunden gesetzt hatte, schaute Georg Kai fragend an.

»Das ist nicht einfach«, sagte Kai. »Aber ich bleibe treu, ich habe Familie.«

Kais Handy vibrierte, er schaltete es aus.

»Ich glaube, du weißt etwas von Linda«, sagte Georg. »Es wäre besser, wenn du es mir sagen würdest.«

Kai schwieg, nippte an seinem Bier.

»Mensch, Georg, du kannst ihr nicht ewig nachhängen.«

Linda hatte bestimmt jemand anderen, da war er sich sicher, deshalb meldete sie sich nicht. Das war okay für ihn, sie sollte ihre Erfahrung machen. Sie waren beide so jung gewesen, als sie sich kennengelernt hatten. Wenn sie zu ihm zurückkehrte, würde es ganz anders zwischen ihnen laufen, wenn sie nicht mehr so sehr unter dem Druck ständen, ein Kind zu bekommen, wenn sie sich nur noch aufeinander konzentrieren konnten. Wenn ihr Leben nicht mehr von Hormontabellen und fruchtbaren Tage bestimmt wurde.

»Bitte«, sagte Georg.

»Okay.« Kai schaute ihm direkt in die Augen »Sie ist schwanger. Sie bleibt in Australien. Es tut mir wirklich leid.«

Erst dachte Georg gar nichts. Es war dieser Augenblick, den sich das Gehirn nahm, um die Ungeheuerlichkeit nicht verarbeiten, nicht durchdenken zu müssen. Dann war da ein Schmerz, der sich auf seinen Brustkorb legte, dumpf. Dann war da Trotz. Er dachte, sie war zu alt. Mit Anfang vierzig wird man nicht einfach so schwanger, vor allem nicht, nachdem man es jahrelang versucht hat, mit allen Mitteln. Und zwei Fehlgeburten. Er erinnerte sich an die Phasen, in denen er sich darauf eingestellt hatte, dass er Vater werden würde, an die Trauer, die sie beide schweigend verarbeiteten, weil sie es körperlich und seelisch spürte, während bei ihm nur Leere war. Und beide dachten, der Schmerz säße bei einem selbst tiefer als bei dem anderen. Weil sie nicht zusammen leiden konnten.

»Sie ist schon ziemlich weit«, sagte Kai, als läse er seine Gedanken. »Das Kind hat gute Chancen zu überleben, selbst wenn es zu früh kommt.«

Georgs Hände rochen nach der pinkfarbenen Seife. Er ging auf die Toilette und hielt die Hände unter den Wasserstrahl, diesmal ohne die Seife zu benutzen, schrubbte bis zu den Handgelenken, um den Geruch loszuwerden. Als er zurückkam, saß Kai an Madeleines Tisch, und Georg setzte sich dazu. Er hörte, wie Kai von ihren großen Radiozeiten erzählte, wen sie alles getroffen, welche Konzerte sie besucht hatten, auf welchen verrückten Partys sie gewesen waren.

Madeleine lächelte ihn an.

»Geht es dir gut?«

Er nickte.

»War ein komischer Tag heute.«

Sie kommt zurück, dachte er, dann eben mit Kind, aber sie kommt zurück.

Der Klingelton seines Handys webte sich in seinen Schlaf, schrillte laut in der gedämpften Traumwelt. Georgs Kopf pochte, das Innere gegen die Schädeldecke. Als er die Augen aufschlug, sah er blonde Haare und eine nackte Schulter neben sich im Bett. Er blinzelte, langsam kamen die Erinnerungen an den vergangenen Abend, an das Treffen mit Kai. An Madeleine.

Das Klingeln ertönte von Neuem, als hätte es zwischenzeitlich tief Luft geholt und neue Kraft gesammelt. Wenn jemand ihn so dringend erreichen wollte, musste es ernst sein. Wahrscheinlich Frau Lemke, er hatte sie gestern nur kurz gesprochen, nachdem er Ruthchen weggebracht hatte. Hatte ihr berichtet, dass der Tierarzt zuversichtlich sei, dass Ruthchen bald wieder bei ihr sein könne, und Frau Lemke tat glücklich und dankte Georg für die guten Nachrichten. Ihm schien, als wären sie beide erleichtert gewesen, als sie endlich auflegen konnten.

Er dachte, es wäre vielleicht Linda, die Probleme mit ihrem australischen Freund hätte und ihn anrief. Und er erinnerte sich, was er in der vergangenen Nacht erfahren hatte. Linda war schwanger. Das Handy steckte in seiner Hosentasche, die Jeans lag mitten im Raum. Er stand mit einem Ruck auf, der für seinen Kopf zu schnell und kräftig war. Madeleine stöhnte und drehte sich auf die Seite.

Sein »Hallo« klang kratziger, als er es erwartet hatte, er räusperte sich, sagte noch einmal »Hallo«.

»Herr Neumann?«, fragte eine Frauenstimme.

Sie kam ihm bekannt vor, aber er konnte sie nicht einordnen.

»Es geht um Ihre Katze.«

Auf einmal war er hellwach, verließ das Schlafzimmer, schloss die Tür hinter sich und ging in die Küche. Er hatte plötzlich wieder das Bild vor Augen, wie Herr Schürmann Ruthchens Gelenke lockerte.

»Ich habe ein paar Fragen zum Ausdruck Ihrer Katze, bevor ich sie final fixiere. Haben Sie Zeit, heute vorbeizukommen?«

»Ich denke schon, wie spät ist es?«

»Zwei Uhr.« Nach einer Pause fügte sie hinzu: »Mittags.«

Auf dem Tisch stand ein voller Aschenbecher. Georg erinnerte sich, dass sie gestern in der Küche geraucht hatten.

»Ich kann in einer Stunde bei Ihnen sein, reicht das?«

»Das geht.«

Er öffnete das Fenster. Die Luft fühlte sich nach Frühling an, immer noch kalt, aber milder. Er kippte die Asche in eine Plastiktüte und verknotete sie, spülte den Aschenbecher aus und ging unter die Dusche. Das Wasser stellte er so heiß, dass es wehtat auf der Haut und der Raum sich mit Dampf füllte. Er rieb alles von sich ab, den Rauch, den Sex. Er wollte diese One-Night-Stands nicht mehr, das hatte er zu Linda gesagt, er brauche sie nicht mehr. Nur gestern Nacht war es anders. Er war mit Madeleine in der Bar zurückgeblieben, nachdem Kais schlechtes Gewissen ihn irgendwann nach Hause getrieben hatte. Sie waren noch in eine andere Bar gegangen und schließlich, als sie auch dort die letzten Gäste gewesen waren, zu ihm, um noch etwas zu trinken. Wenn er ehrlich zu sich war, hatte die ganze Zeit eine Spannung zwischen ihnen gelegen. Und wenn Linda ohne ihn weiterlebte, wenn sie ihn aus ihrem Leben herausschnitt wie einen entzündeten Blinddarm, hat auch er keinen Sinn darin gesehen, sich zurückzuhalten. Georg kämmte sich die Haare aus dem Gesicht, klopfte mit den Fingerspitzen auf seine Augenringe.

Die Küche roch noch immer nach kaltem Rauch. Er beobachtete, wie sich Kaffeepulver und heißes Wasser in der Presskanne vermischten, studierte die Magnetwörter auf dem Kühlschrank, seine Morgenroutine. Seit eineinhalb Jahren putzte er um die Wortfelder herum, um Lindas Botschaften nicht zu zerstören. Sie hatte die Magnete gekauft und ihm Nachrichten hinterlassen wie KUSS ABEND FREU.

An dem Tag, an dem sie gegangen war, fand er auf dem Kühlschrank: SCHATTEN LÖSUNG LACHEN, und rechts an der Seite: AUFWACHEN.

Er rätselte, ob sie den Schatten der leblosen Kinder meinte, der sich über sie gelegt hatte. Und wie das Lachen hineinpasste, das sie schon Monate vor ihrem Verschwinden verloren hatte.

Links darüber der Worthaufen: HERBST SCHNEE TRAUM.

Sie war am Ende des Sommers gegangen, ohne seine Entschuldigung anzunehmen.

Der Kaffee tat gut, zwickte ein wenig in seinem leeren Magen. Er überlegte, ob er etwas essen sollte, bevor er zu der Tierpräparatorin ging. Ob es besser wäre, mit leerem Magen zu würgen, oder ob es seinen Magen beruhigte, wenn er etwas zu tun hatte. Ein Toast würde helfen, beschloss Georg und deckte den Tisch. Damit hatte er auch die Frage beantwortet, ob er Madeleine ein Frühstück anbieten sollte. Marmelade, ein wenig Käse, nicht zu aufwendig, denn das könnte falsche Signale senden. Er überlegte, ob er gestern etwas Verbindliches gesagt hatte. Ob er etwas klären müsste, bevor er ging.

Madeleine erschien in der Küchentür, sie sah verschlafen aus.

»Kaffee?«, fragte er.

»Gerne«, sagte sie und setzte sich auf einen Küchenstuhl, Lindas Stuhl. Jetzt, mit müdem Gesicht ohne Make-up, fand er sie viel hübscher, nur die Haare waren einen Tick zu blond, wirkten aber nicht mehr so künstlich, weil sie zerzaust waren. Georg schenkte ihr Kaffee ein, stellte Milch und Zucker daneben.

»Toast?«, fragte er.

Sie nickte etwas unentschlossen.

Kein Morgenmensch, das kam ihm sehr entgegen. Sie fasste den Toast nicht an, trank ihren Kaffee, ohne die Tasse abzustellen, pustete abwechselnd hinein und nahm wieder einen Schluck. Nichts deutete für ihn darauf hin, dass sie mehr erwartete. Er verteilte etwas Butter auf seinem Toast, zum ersten Mal seit Lindas Auszug aß er nicht alleine an diesem Tisch. Das Alleinsein machte ihm nicht viel aus, darüber war er erstaunt gewesen. Im Gegenteil, er fand es befreiend, in seiner Wohnung tun und lassen zu können, was er wollte. Er musste niemandem Rechenschaft ablegen, wenn er montags bis elf Uhr im Bett lag und Serien schaute. Er fühlte sich wie ein Teenager, den die Eltern über das Wochenende allein gelassen hatten. Anfangs dachte er, es wäre eine Phase, aber der Zustand verlor den Status des Außergewöhnlichen und wurde Normalität.

Georg wollte, dass Klarheit zwischen ihm und Madeleine herrschte, keine Hoffnungen, keine Enttäuschungen. Er überlegte, wie er es am besten formulierte.

»Musst du weg?«, fragte sie.

»Ein Termin, ich muss in einer Viertelstunde los.«

Er prüfte, ob sie enttäuscht reagierte, ob sie damit gerechnet hatte, dass sie den Tag miteinander verbrachten. Dass das der Anfang von irgendetwas wäre.

Sie senkte den Blick.

Er seufzte.

»Hör mal«, sagte sie, und er machte sich bereit, möglichst höflich, ohne sie zu verletzen, zu erklären, dass er nicht bereit war für eine neue Beziehung. Dass er auf dem Weg war, aber dass er es sich im Moment nicht vorstellen konnte.

»Es ist so«, sagte Madeleine und nahm die Ringe aus der kleinen Keramikschale auf dem Tisch. Lindas Ringe, die er dort gelassen hatte, weil sie ihm das Gefühl gaben, dass sie nur nebenan war. Madeleine streifte die Ringe über ihren Finger, zog sie wieder ab, ließ sie in ihrer

Hand klimpern. Er war fassungslos, wie Madeleine mit wenigen Bewegungen seine Ordnung zerstörte.

»Es tut mir leid«, sagte sie. »Aber mit uns beiden, daraus wird auf keinen Fall mehr.«

Georg versuchte, nicht auf ihre Hände zu starren.

»Kein Problem, wirklich, kein Problem«, sagte er.

»Ich finde Kai gut«, sagte sie. Ihre Offenheit erstaunte ihn.

»Aber Kai hat eine Familie.«

»Wirkt er auf dich glücklich?«

»Die ersten Jahre mit Kind sind immer stressig, sagt man.«

Madeleine blickte auf die Ringe in ihrer Hand. »Das sind ihre, oder?«

Er nickte.

Sie legte sie zurück in die Schale.

Er erinnerte sich, wie gut es ihm am Abend getan hatte, die Geschichte mit Linda jemandem zu erzählen, der sie noch nicht kannte, und dass er kein Ende gefunden hatte.

»Die ganze Wohnung ist voll von ihren Sachen, der Flur ist gruselig, als würde sie alles beobachten, was du tust. Warum wirfst du das Zeug nicht weg und startest neu?«

»Weil sie zurückkommt.«

»Ach Georg«, sagte sie, wie sie es am Abend mehrmals getan hatte, als er ihr erklärt hatte, was alles dafür spräche, dass Linda zu ihm zurückkehren würde. In diesem mitleidigen Ton.

»Kann ich duschen?«, fragte sie.

Er gab ihr ein Handtuch und ging ins Schlafzimmer, um sein Portemonnaie zu holen. Aus Gewohnheit öffnete er Lindas Seite des Schrankes und roch an ihren Kleidern, ihr Duft wurde schwächer, bald würde er verschwunden sein. In der Küche nahm er zwei Aspirin, er musste sich beeilen, mit dem Fahrrad brauchte er zwanzig Minuten. Madeleine kam aus der Dusche, in ein großes Handtuch gewickelt.

»So, wie du aussiehst, bist du vielleicht doch bereit für etwas Neues«, sagte sie und lächelte.

»Quatsch«, sagte er.

Er spürte seinen Magen, wenn er nur an die Werkstatt der Tierpräparatorin dachte. Caro, der Name klang so harmlos für das, was sie machte.

»Warte mal.« Madeleine lief über den Flur zu ihrer Tasche. Sie kam zurück, stellte sich auf die Zehenspitzen und wuschelte ihm durch die Haare, die er, seit er seinen Job gekündigt hatte, hatte wachsen lassen. Madeleine band sie zu einem Zopf zusammen.

»Mega«, sagte sie. »So wird das was mit deinem Termin.«

Er dachte, dass er sich im Hausflur sofort das Band aus den Haaren ziehen würde, aber dann fiel sein Blick in den Spiegel. Er sah gut aus. Er hatte Glück, dass sein Haar noch voll war, er war schlank, hatte keinen Bauchansatz, was wohl auch an seinem nervösen Magen lag.

»Ich muss los«, sagte er. »Kannst du einfach die Tür hinter dir zuziehen?«

»Klar«, sagte sie, stellte sich wieder auf die Zehenspitzen und gab ihm einen Kuss auf den Mund.

Er spürte den Kuss noch auf seinen Lippen, als er vor Ruthchen saß. Hauchdünne Nadeln steckten in ihrem Gesicht, bestimmten die Form, die Illusion des Lebens. Obgleich er Ruthchen sofort erkannte, war irgendetwas anders. Nur eine Kleinigkeit, die nicht stimmte, ein einziger abweichender Ton, der die Harmonie zerstörte. Es roch scharf nach Desinfektionsmittel, und er bemühte sich, den Hauch von Verwesung, den er darin ausmachte, zu ignorieren. Die Tierpräparatorin saß neben ihm, das Gesicht nah an der Katze. Mit ihrer Brille und dem weißen Kittel wirkte sie wie eine Wissenschaftlerin oder eine Professorin. Caro Schürmann zog eine Nadel über dem rechten Auge heraus und steckte sie wenige Millimeter höher, eine andere platzierte sie etwas tiefer, sich immer mit einem Blick auf das vergrößerte Foto von Ruthchen, das sie an die Wand geheftet hatte, rückversichernd. Es lag ein System in ihrer Arbeit, das er nicht verstand.

Etwas im Magen zu haben war eine gute Idee gewesen, befand er, auch wenn er eine unterschwellige Übelkeit spürte. Er studierte ihre langen Finger, die feingliedrigen Hände, fast die einer Pianistin, jedoch zu kräftig, die Fingernägel kurz, mit diesen Händen wurde gearbeitet. Ihn erstaunte, mit welcher Selbstverständlichkeit sie das tote Tier anfasste, als wäre es Stoff, der auf einen Stuhl gespannt werden musste. Er suchte nach Blutspuren an ihren Fingern, unter ihren Nägeln, an den Rändern. Er sah etwas Schwarzes, konnte aber nicht ausmachen, ob es getrocknetes Blut war. Sie steckte zielgenau die Nadeln, fragte ihn dabei, ob er Ruthchen erkennen könne, ob sie so ausgesehen habe, und er sagte, fast, aber nicht ganz. Er konnte nicht ausmachen, was der Katze fehlte, um das schlafende Ruthchen zu sein. Welcher der Töne sich nicht in die Harmonie fügte. Er versuchte, die Bilder von Häutungen und Resttieren nicht zuzulassen, all die toten Dinge, die diese schönen Hände täglich berührten.

»Manchen schlägt der Geruch auf den Magen. Ist alles okay bei Ihnen?«

»Ja«, sagte er, »alles bestens.«

Ihm war kalt, und er bereute, seine Jacke im Flur ausgezogen zu haben. Er musste sich zusammenreißen und das hier durchziehen, befahl er sich.

»Etwas stimmt noch nicht, aber ich komme nicht dahinter, was es ist. Vielleicht können Sie mir ein bisschen von Ruthchen erzählen.«

»Sie kam mir immer entgegengelaufen, wenn ich Frau Lemke besucht habe.«

»Sie war also eine freundliche Katze.«

»Ja, sehr freundlich, keine Marotten. Ich habe sie immer als dankbar empfunden, das klingt albern, aber ich fand sie dankbar.«

Die Frau nickte, steckte Nadeln um.

»Ich habe sie damals mit meiner Freundin gefunden, ein verschmutztes Knäuel in einem Hauseingang.«

Er versuchte, die Katze mit ihren Augen zu sehen, nicht das für ihn widerliche Fell, sondern die Seele des Tieres, die es darin wiederzufinden galt.

»Sie sieht vielleicht zu angestrengt aus«, sagte er. »Sie war eine ruhige Natur. Für mich war sie wie ein kleiner Buddha, sie wusste genau, wenn jemand aus dem Gleichgewicht geraten war. Dann kam sie und legte sich auf den Schoß.«

»Aha.« Caro Schürmann schaute konzentriert, die Falte zwischen ihren Augenbrauen vertiefte sich. Sie schob die Zunge zwischen die Lippen und steckte die Nadeln um die Augenpartie etwas tiefer, was Ruthchen einen anderen, ruhigeren Ausdruck gab.

»Unglaublich«, sagte Georg.

Er meinte jetzt zu verstehen, worum es bei der Arbeit ging. Sie konnte Ruthchen zurückholen.

»Ruthchens Schnauze war runder, jetzt ist sie zu spitz«, sagte er.

»Das ist es, Sie haben recht. Manchmal sitze ich stundenlang davor und sehe es selbst nicht mehr, an den Seiten muss ich ein wenig aufpolstern.«

»Ich sehe sie jetzt«, sagte Georg. »Genau so schlief sie auf Frau Lemkes Sofa, das ist ihre Mimik und ihre Haltung.«

Caro Schürmann streichelte Ruthchens Rücken, als wolle sie die Katze loben. Georg spürte eine Zufriedenheit, wie er sie nicht kannte. So fühlte es sich also an, wenn man etwas Sinnvolles machte, etwas, das einen erfüllte, dachte er. In diesem Moment fiel sein Blick auf das Haar, das wie eine Markierung auf seinem Ärmel lag.

Es kam ihm fehl am Platz vor, hier, an diesem Ort. Er sah, dass auch sie darauf schaute, auf das lange blonde Haar, das seinen Arm umfasste. Er schämte sich, bedeckte es mit seiner Hand, weil er es nicht wegnehmen und auf den Boden werfen wollte.

»Den Rest kann ich allein machen«, sagte sie. »Vielen Dank für Ihre Zeit, Sie haben mir sehr geholfen.«

Es war an ihm, aufzustehen und zu gehen. Dabei wäre er am liebsten geblieben und hätte weiter mit ihr gearbeitet. Sein Knie knackte, als er sich erhob, der Kopf meldete sich mit einem leichten Stechen.

»Wie geht es jetzt weiter?«, fragte er.

»Wenn ich mich heute noch einmal intensiv daransetze ... Morgen früh gegen 10 Uhr können Sie Ihre Katze abholen.«

Erst jetzt bemerkte er ihre geröteten Augen, als er sie zum ersten Mal richtig anschaute und nicht wie zuvor knapp an ihr vorbeiblickte, weil sie ihm unheimlich war.

»Danke, dass Sie sich so viel Mühe machen«, sagte er.

»Ich finde es schön, wie Sie sich um die alte Dame kümmern.«

Georg spürte eine Röte in sich aufsteigen, die bis zu den Außenrändern seiner Ohren ging und die er lange überwunden zu haben glaubte. Es half nicht, dass sie sich gegenüberstanden und er deutlich kleiner war als sie.

Er wusste nichts anderes zu tun, als seine Schuhspitzen zu betrachten.

Georg lauschte dem Regen, der gegen die Fensterscheiben prasselte. Ruthchen lag schlafend auf dem Sofa zwischen ihnen, so wie immer. Sie streichelten die Katze, als könnten sie sich an dem Fell festhalten, schweigend den Prozess aufhalten, der in Gang gesetzt worden war. Ruthchen fühlte sich kalt und hart an, keiner von beiden sprach darüber. Es war dunkel geworden in der Küche, sie schalteten das Licht nicht ein, Georg wollte den Moment der Stille und des Friedens nicht zerstören. Nichts würde zu ihnen gelangen, wenn sie es nicht erlaubten.

»Da bist du ja wieder«, hatte Frau Lemke gesagt, als er mit der in ihrer Decke eingewickelten Katze in der Tür stand. Frau Lemke streichelte ihr über den Kopf, sie vermieden es, sich anzuschauen, denn dann hätten sie nicht weiterspielen können, ihr Theaterstück über Leben und Tod.

Georg war ihr über die Diele in die Küche gefolgt, hielt Ruthchen jetzt nicht mehr von sich entfernt, sondern fest in seinen Armen, wickelte sie aus und legte sie auf das Sofa, auf ihren Platz. Es sah tatsächlich so aus, als schliefe sie. Frau Lemke wirkte müde, ihr Gesicht war eingefallen, und er fragte sich, ob es wegen der Katze war oder wegen der Drohung, nach New York ziehen zu müssen. Denn so empfand er es, als eine Drohung, nicht als Gefallen, wie Wolfgang seiner Mutter weismachen wollte.

Er hing seinen Gedanken nach, wie er Ruthchen bei Caro abgeholt hatte, wie müde, aber auch glücklich sie gewirkt hatte, als sie ihm die Katze übergeben hatte. Dass Caro ihm gesagt hatte, er solle ihr bitte Bescheid geben, wie Frau Lemke die Katze gefallen habe. Während er überlegte, wie er Caro fragen könnte, ob er sie zum Essen oder zu einem Drink einladen dürfe, als Dankeschön sozusagen, und wie es ihm albern erschien und er es nicht über sich brachte, weil »Wollen Sie mit mir essen oder etwas trinken gehen?« so trivial klang. Ihr Händedruck war fest, aber ihre Haut fühlte sich zarter an, als er vermutet hätte. Danach hatte er nicht das Gefühl, sich die Hände waschen zu müssen.

Das Telefon klingelte.

Der Regen trommelte gegen die Scheiben, Ruthchen lag still.

Georg wusste, dass es Wolfgang war. Wolfgang hatte ein Gespür dafür, Momente zu zerstören, sich einzumischen und ihn daran zu erinnern, dass Georg dieser Platz nicht zustand, dass er weder Sohn noch Enkelsohn, sondern nur ein netter, aufmerksamer Nachbar war. Und der Vermieter.

Frau Lemke ging zum Telefon, das sie, wie andere notwendige Dinge, in die Küche verlegt hatte, als sie ihr Leben mehr und mehr in diesen Raum verlagert hatte. Sie drehte sich mit dem Rücken zu Georg, beugte die Schultern leicht nach vorne, als wollte sie sich schützen. Er schnappte nur wenige Gesprächsfetzen auf.

»Ruthchen geht es gut, sie schläft viel.«
»Mir ist ein wenig schwindelig.«
»Nein, ich habe noch nicht mit der Bank gesprochen.«
»Ich weiß nicht, ob das eine gute Idee ist.«
»Doch, du hast recht.«
»Ruthchen geht es gut, wirklich.«

Nachdem Frau Lemke aufgelegt hatte, wischte sie sich über die Augen, zog ein Taschentuch aus ihrer Hosentasche und schnäuzte sich.

Am liebsten würde er Frau Lemke sagen, dass er von Anfang an gewusst hatte, dass mehr dahintersteckte, wenn Wolfgang von Bülow – für seinen Neustart als Geschäftsmann in New York hatte er Frau Lemkes Mädchennamen angenommen – auf einmal die Liebe zu seiner Mutter wiederentdeckte.

Vor mehr als drei Jahrzehnten hatte Georg Frau Lemke auf dem Steinboden kauernd gefunden, hatte sich Wolfgangs stechender, hasserfüllter Blick, in dem Georg auch etwas Verlorenes sah, gegen ihn gerichtet. Kurz nach dem Vorfall war Wolfgang nach New York gezogen. Frau Lemke hatte nie mehr darüber gesprochen, lenkte ab, wenn Georg das Thema aufbrachte. Sie hatte das Geschehene tief in sich verschlossen wie einen bösen Geist.

Erzählte Frau Lemke von ihrem Sohn, war es nur Gutes. Georg hatte sich angewöhnt, nichts dazu zu sagen. Für ihn war Wolfgang ein selbstsüchtiger Mensch, dem es an Mitgefühl fehlte. Er hatte sich in all den Jahren, seit er weggezogen war, immer nur bei seiner Mutter gemeldet, wenn er irgendetwas wollte. Meistens Geld.

Frau Lemke setzte sich auf das Sofa, streichelte Ruthchens Kopf. Der Regen klopfte nur noch leicht an die Scheiben.

»Wolfgang meint, dass die Bäume schon blühen in New York«, sagte sie.

Caro hatte Steak Tatar bestellt, was, wie Georg jetzt bemerkte, rohes Hackfleisch war. Er beobachtete, wie sie den Inhalt der kleinen Schüsseln, die dazu serviert worden waren, auf dem Fleisch verteilte. Zwiebeln, Kapern, Senf, Gewürzgurken, ein rohes Ei, Salz, Pfeffer, dann vermischte sie alles mit ihrer Gabel. Ein matschig-schmatzendes Geräusch, das Georg nur schwer ertrug, und er fragte sich, ob es eine gute Idee gewesen war, sie das Restaurant aussuchen zu lassen. Es sei ihr Lieblingsrestaurant, hatte sie gesagt, ein französisches.

Er rührte in seiner Blumenkohlsuppe mit gerösteten Kürbiskernen und versuchte, nicht hinzuschauen, wie Caro das rohe Fleisch aß.

»Warum hast du nicht gesagt, dass du Vegetarier bist?«, fragte sie.

»Das ist keine große Sache.«

Er fühlte sich unwohl. Schon die Begrüßung war peinlich und ungelenk gewesen, weil er ihr die Hand geben wollte, während sie sich heruntergebeugt und ihn umarmt hatte. Sie hatten sich also links und rechts ein Küsschen gegeben, und sie hatte gelacht, als er an ihrer Nase hängen geblieben war. Wieder war sie ganz in Schwarz gekleidet, eine enge Jeans und ein weiter Pulli, ihre Haut so blass, dass sie fast durchsichtig schien. Eine milde, intensive Blässe, keine ungesunde.

Sie sah keineswegs wie Linda aus, fand er, bis auf die Frisur.

»Ich würde gerne Ruthchen besuchen«, sagte Caro. »Es ist für mich spannend zu sehen, wie die Tiere in ihrer natürlichen Umgebung aussehen. Ob es so ist, wie ich es mir vorgestellt habe.«

Er konzentrierte sich, auf ihre Augen und nicht auf ihren Mund zu schauen.

»Ruthchen schläft auf dem Sofa, als wäre nichts passiert. Neulich habe ich sogar gehört, wie Frau Lemke mit ihr gesprochen hat.«

Sie lachten, er schenkte Wein nach. Caro steckte eine gehäufte Gabel Fleisch in den Mund, rohes Fleisch, und er dachte, dass er hart an sich arbeiten müsste, um das auszublenden, wenn sie sich jemals küssen würden.

»Stört es dich, wenn ich Fleisch esse?«, fragte sie.

»Solange ich es nicht essen muss …«

Er bestellte noch eine Flasche Wein, er wollte sich entspannen, nicht länger nachdenken über das, was er über Wolfgang herausgefunden hatte.

Die ganze Nacht und den Tag hatte er recherchiert, die Informationen waren alle frei zugänglich. Er hatte nur *Wolfgang von Bülow* in die Suchmaschine eingeben müssen. Georg hätte früher nachschauen sollen, was hinter dem Penthouse in der Fifth Avenue mit der Putzfrau, der Köchin und der Nanny steckte. Hinter dem luxuriösen Leben, von dem Frau Lemke so beeindruckt gewesen war, nachdem sie von ihrem Besuch bei ihrem Sohn zurückgekommen war. Dem einzigen in dreißig Jahren.

Wolfgang von Bülow, der erfolgreiche, gerissene Hedgefonds-Manager, war pleite. Hatte sich verspekuliert. Beim Versuch, das Ganze zu retten, hatte er das Kapital seiner Anleger verzockt. Jetzt hatte er mehrere Klagen am Hals und eine teure Scheidung, weil seine Frau ihn verlassen hatte. In einem Artikel hatte Georg gelesen, dass Wolfgang von seinem Penthouse in eine Wohnung nach Queens umziehen musste. Alle Macht verpufft, Wolfgang von Bülow war arm wie eine Kirchenmaus.

Als erste Reaktion breitete sich Schadenfreude in Georg aus, das geschah ihm recht, diesem Hochstapler, dachte er. Dann spürte er Angst, was Wolfgang mit seiner Mutter vorhatte. Er wollte ihr Geld, da war Georg sich sicher. Es musste eine große Summe von dem Hausverkauf übrig sein. Frau Lemke hatte immer sparsam gelebt, keine Reisen, keine Extravaganzen, eine geringe Miete, nur hier und da mal eine Seidenbluse. Es musste also noch ein Vermögen geben, auf das Wolfgang spekulierte. Ob Frau Lemke das alles wusste, der Gedanke ließ ihn nicht los.

»Danke, dass du dich so schnell um Ruthchen gekümmert hast«, sagte Georg. »Wir können sie gerne zusammen besuchen, wenn du Zeit hast.«

Caro kratzte die Reste auf ihrem Teller zusammen, er war erleichtert, dass er ihr nicht mehr beim Essen zuschauen musste.

»Das ist das Schöne an meinem Beruf. Die Freude bei den Menschen zu sehen, deren Tiere ich gerettet habe. Das Leben im Tod zu bewahren.«

»Hatten deine Freunde nie ein Problem mit deinem Beruf?«

Er spürte die Wirkung des Weins, wie er die Schwere von ihm nahm, seine Sorgen zurückdrängte, das Lachen leicht aus ihm herausließ.

»Ein paar fanden es exotisch, glaube ich, andere fanden es unheimlich. Die meisten hatten nach mir Freundinnen, die irgendetwas im Büro machten.« Sie schüttelte den Kopf und lachte. »Belas Vater ist auch Tierpräparator, wir haben uns bei einer Meisterschaft kennengelernt.«

»Bela ist dein Sohn?«

»Er ist achtzehn und macht jetzt Abi. Hast du Kinder?«

»Nein«, sagte er und überlegte wie immer, wenn das Thema aufkam, ob er sich erklären musste.

»Bela will nach dem Abi durch Australien reisen. Ich kann mir nicht vorstellen, wie das Leben ohne ihn ist.«

Georg wusste nicht genau, was er darauf sagen sollte. Dass ein Kind flügge wurde, schien ihm der normale Lauf der Dinge zu sein. Er kannte dieses Verlustgefühl nicht, er kannte nur, wenn Liebe nicht erwidert wurde oder sich aus dem Leben stahl.

»Tierpräparatorin ist dein Traumberuf?«

Sein Gefühl tendierte zwischen Faszination und Abstoßung, er hatte noch nie jemanden wie sie getroffen.

»Ich wollte das von klein auf, obwohl meine Eltern es lieber gesehen hätten, wenn ich etwas Ordentliches wie BWL studiert hätte. Aber ich war immer bei meinem Vater in der Werkstatt, gleich nach der Schule, bis zum Abend.«

Georg bemerkte, wie ihre Augen strahlten, während sie über ihre Arbeit sprach, ihre zarten, starken Hände, die dabei gestikulierten. Er beneidete sie um diese Leidenschaft.

»Auf Ruthchen«, sagte Caro, und sie stießen an.

Sie kramte in ihrer Tasche und zog ein Foto von einem Löwen heraus.

»Das ist Anton, er lebt im Berliner Zoo. Ich kriege ihn, wenn er stirbt. Seit ich klein war, träume ich davon, einen Löwen zu präparieren.«

Sie zeigte Georg ihr Skizzenbuch, ein Löwe in verschiedenen Positionen, sitzend, liegend, gehend, Einzelstudien seiner Pfoten, seiner Schnauze.

»Als Bela klein war, haben wir Anton jede Woche besucht. Jetzt gehe ich allein hin, so oft ich kann«, sagte sie. »Ich habe das Gefühl, wie er mich anschaut, dass er mich erkennt. Er weiß, dass ich ihn für die Ewigkeit studiere, wir haben eine Verbindung.«

Er fand sie sehr anziehend, wie sie sich mit einer schnellen, konzentrierten Bewegung eine Haarsträhne hinter das Ohr strich, ihre Stimme, die etwas zu rau für ihre Gestalt schien. Georg schenkte ihnen Wein nach und beschloss, dass er, egal was in dieser Nacht geschah, nicht mit ihr im Bett landen würde. Wenn es doch passierte, war das mit ihnen nicht von Dauer, da war er abergläubisch. Erst zwei Mal in seinem Leben hatte er sich Zeit gelassen, mit Caro wäre es das dritte Mal.

Georg wachte lange bevor sein Wecker klingelte auf, eingewickelt in beide Bettdecken, Lindas und seiner, sodass er gerade noch atmen konnte unter dem wattigen Schutzschild, den er zwischen sich und die Welt gelegt hatte. Er musste sich eingestehen, nach einem halben Jahr ohne Job, dass er seine Tage nicht sinnvoll nutzte, dass er zu viel schlief, sich in Serien verlor. Die letzten Tage waren grau an ihm vorbeigezogen, endlos verregnet. Tage, an denen er in dem T-Shirt und der Trainingshose blieb, in denen er geschlafen hatte, weil es keinen Grund gab, sich anzuziehen.

Er hatte unzählige Mails an Wolfgang geschrieben, ihn beschimpft, bedroht, auch angefleht, aber am Ende hatte er alle gelöscht, auch nicht als Entwürfe gespeichert. Jedes Mal begann er von Neuem, sich zu erklären, seine Argumente darzulegen, warum Frau Lemke in Berlin bleiben sollte, aber er hatte nie das Gefühl, den richtigen Ton getroffen zu haben. Und er hatte Angst, den Kampf mit Wolfgang zu eröffnen, er fühlte sich gegen ihn nicht gewappnet.

Frau Lemke blockte ab, sobald Georg Wolfgang oder New York erwähnte, tat so, als sei alles in Ordnung.

Von seinem Bett aus beobachtete er, wie die Sonne sich ihren Weg durch die Wolkendecke suchte. Die Geräusche der erwachenden Stadt drangen zu ihm herauf, das Brummen der Autos, die piepende, rumpelnde Müllabfuhr. Immer wieder stiegen Bilder in ihm auf von Frau Lemke, er sah sie in New York in einem dunklen, kalten Zimmer sitzen, Mehrbettzimmer, Ruthchen im Arm. Niemand würde sich um sie kümmern, niemand sie verstehen.

Als der Wecker um 7:30 Uhr klingelte, fühlte er sich müde, schwach und mutlos, aber es war Mittwoch, sein Hausputztag. Und seine Regel war, seit er die Putzfirma abbestellt hatte, dass es keine Ausreden gab. Er stand auf, setzte Wasser auf, zog seinen Blaumann an, den er für diese Arbeit gekauft hatte. Eine halbe Stunde bis zum Arbeitsbeginn um 8 Uhr. Er trank seinen Kaffee, ohne dabei online die Nachrichten zu lesen, er schaute auf den Kastanienbaum vor dem Haus, dessen Spitze das untere Ende seines Küchenfensters erreicht hatte. Georg hatte ihn über die Jahre die Stockwerke hochwachsen sehen. Die Knospen zeigten zartes Grün. Wenige Sonnentage, und sie würden aufspringen.

Punkt 8 Uhr stand er auf dem Treppenabsatz vor dem Dachboden und begann zu kehren, von der einen Seite zur anderen, dann die Treppenstufen hinunter. Auf dem nächsten Absatz ließ er einen Schmutzhaufen und kehrte weiter. Er mochte die körperliche Arbeit, fühlte sich am Ende des Tages, wenn das ganze Haus sauber war, erfüllt. Die sich wiederholenden Bewegungen wirkten meditativ, nur manchmal knallte er mit seinem Besen laut gegen die Holzleisten, wenn er an Wolfgang dachte, die Unverschämtheit, seine Mutter, eine alte Frau, ausnehmen zu wollen. Manchmal fand ein Sonnenstrahl seinen Weg durch eines der Fenster im Hausflur und zeigte ihm, dass sie dringend geputzt werden mussten. Dafür würde er einen extra Putztag einlegen müssen.

Auf der dritten Etage hatte die neue Familie wieder ihre Schuhe vor der Wohnungstür stehen lassen. Er hatte ihnen beim Einzug die Hausordnung gegeben und auch später noch mal darauf hingewiesen, dass der Hausflur kein Abstellraum war. Sie hielten sich nicht daran. Am liebsten würde er klingeln, ihnen die Schuhe vor die Nase halten und Punkt für Punkt die Hausordnung durchgehen. Aber sie waren diejenigen im Haus, die am meisten Miete zahlten, die sein Leben finanzierten. Deshalb beschloss er, irgendwann, wenn er sich beruhigt hatte, in einem günstigen Moment ganz nebenbei mit den Eltern zu sprechen.

Er reihte die Schuhe vor der Tür auf, sodass die Familie beim Hinein- oder Hinausgehen darüberstolpern würde, und entschuldigte das für sich damit, dass er schließlich weiterkehren musste.

Opernmusik erfüllte das Treppenhaus. Das war Frau Meyer, die im ersten Stock wohnte, neben Frau Lemke, die sich regelmäßig bei ihm über die Lautstärke beschwerte. Frau Meyer wohnte auch schon immer in dem Haus, auch sie war die Letzte ihrer Familie, war als Einzige in der großen Wohnung übrig geblieben. Gerüchten zufolge war sie Opernsängerin gewesen, Frau Lemke vermutete dagegen, dass Frau Meyer Putzfrau in der Oper gewesen war. Frau Meyer hatte Georg noch nie gemocht. Als er Kind war, hatte sie ihm spitze Bemerkungen zugeflüstert, als Hausbesitzer sabotierte sie seine Mülltrennung. Er wusste, dass sie es war, die alles in eine Tüte stopfte und dann absichtlich in die gelbe Tonne warf, um ihn zu ärgern, obwohl er ihr mehrfach erklärt hatte, wie wichtig die Trennung nicht nur für die Umwelt, sondern auch für die Hauskosten war.

Georg kehrte die Haufen auf den Etagen auf, ließ Wasser zum Putzen in einen Eimer ein, dann startete er wieder oben, zog aber Gummihandschuhe über, weil er den Dreck der Straße nicht an seinen Händen haben wollte. Das Wischwasser färbte sich schnell schwarz, er ging in den Hinterhof und wechselte es.

Gedanklich arbeitete er wieder und wieder die Sache mit Wolfgang durch. Georg verstand nicht, warum Frau Lemke sich seinem Willen beugte, wo es doch offensichtlich war, dass sie nicht nach New York wollte. Nach ihrem einzigen Besuch bei ihrem Sohn hatte sie zwar viel über Wolfgangs luxuriöses Leben gesprochen, doch Georg hatte auch ihre Traurigkeit gespürt. Sie war wochenlang nachdenklich gewesen, in sich gekehrt. Georg konnte sich nicht erinnern, dass Frau Lemkes Enkelkinder sie jemals besucht hätten. Wolfgang kam immer nur allein, ein kurzer Zwischenstopp während seiner Geschäftsreisen. Es war, so dachte Georg, als würde Wolfgang sie für etwas bestrafen.

Nachdem er das Treppenhaus geputzt hatte – währenddessen war zum Glück niemand über den nassen Boden gelaufen –, kehrte er den schmalen Gehweg zu den Mülltonnen hinter dem Haus. In der gelben Tonne lagen zwei Tüten mit gemischtem Hausmüll. Sogar eine Glasflasche konnte er erkennen. Er nahm die Tüten heraus, sortierte um, unterdrückte seinen Ekel, warf den Rest in die graue Tonne.

Er schaute hinauf zu Frau Lemkes Wohnung. Um diese Zeit wartete sie gewöhnlich am Küchenfenster, winkte ihm zu, denn er verbrachte jeden Mittwoch seine Pause bei ihr. Aber die Vorhänge waren zugezogen und bewegten sich nicht. Er fegte den Platz um die Mülltonnen, rechte das letzte Winterlaub von der Wiese, die schon grünte. An den Seiten blühten Gänseblümchen, über die sich Linda jedes Frühjahr so gefreut hatte.

Schon über eine Woche hatte er ihr nicht mehr geschrieben. Er wusste nicht, wie er das, was sich in seinem Leben gerade ereignete, zusammenfassen sollte. Die Zuneigung zu einer Tierpräparatorin, eine tote, aber konservierte Katze auf Frau Lemkes Sofa, Frau Lemkes drohender Umzug nach New York, Wolfgangs Pleite. Und Lindas Schwangerschaft. Sie würde Mutter werden.

Wieder schaute er zu Frau Lemkes Küchenfenster hoch, sie war nicht da. Sonst wartete sie um Punkt 12 Uhr auf ihn, hatte bereits Kaffee und Kuchen vorbereitet. Er dachte an die Leiter, auf die Frau Lemke allein stieg, obwohl er das nicht wollte, und er sah sie in der Küche reglos auf dem Steinboden liegen, Ruthchen auf dem Sofa schlafend. Er warf den Besen auf den Boden und rannte in den ersten Stock hinauf. Er klingelte Sturm, lauschte an der Tür, hörte nichts. Nur seinen Herzschlag. Er pochte an die Tür, in Frau Meyers Wohnung nebenan suchte ein Opernsänger nach dem Weg zur Unterwelt. Der Ersatzschlüssel, er musste den Ersatzschlüssel holen, den er noch nie benutzt hatte. Noch nie hatte er unangemeldet Frau Lemkes Wohnung betreten. Er rief auf dem Handy an, das er ihr vor wenigen Wochen gegeben hatte, nachdem ihr zum ersten Mal schwindelig gewesen war. Nichts.

»Frau Lemke, machen Sie doch auf!«, rief er.

Und da öffnete sich die Tür, und Frau Lemke blickte ihn verwundert an.

»Frau Lemke, Gott sei Dank!«

»Was ist denn?«

»Sie waren nicht am Küchenfenster.«

Sie hatte eine Schürze über ihre Seidenbluse gezogen, bemerkte er sofort.

»Ich räume auf.« Sie verdrehte die Augen »Der Lärm hier macht mich verrückt.«

»Ich dachte, Ihnen wäre etwas passiert.«

Mit der flachen Hand schlug sie sich an die Stirn.

»Heute ist Mittwoch, ich habe deine Pause vergessen. Komm rein!«

Der Flur sah anders aus. Zum ersten Mal, seit er sich erinnern konnte, standen die Türen zu den anderen Zimmern offen. Tageslicht fiel herein und erhellte den sonst dunklen Gang. Georg folgte Frau Lemke über die knarzenden Dielen. Sie bog in ein Zimmer ab, das er noch nie betreten hatte. Eine Art Zeitkapsel, dachte er, das Zimmer einer jungen Frau. An dem Spiegel des Schminktisches hingen Ketten, ein Fuchsschwanz. Auf der Marmorplatte standen Schmuckkästchen, eine silberne Puderdose. Er sah ein Stirnband mit einer Feder, das auf einen Dekorationskopf aufgezogen war. Schwere rote Samtvorhänge.

»Das war das Zimmer meiner Schwester«, sagte Frau Lemke. Georg wusste, dass sie fünfzehn Jahre älter gewesen war und ein ausschweifendes Leben geführt hatte. Und dass ihr Leben tragisch zu Ende gegangen war, Alkohol und Schmerzmittel. Und viele Schulden, die Frau Lemke tilgte. Aus dem Grund hatte sie seinem Opa das Haus verkauft.

»Warum haben Sie das Zimmer so gelassen?«

»Ich bin ihr hier immer noch nah, ich spüre sie hier.«

Frau Lemke setzte sich auf das Bett mit der geblümten Tagesdecke, und Georg sah an ihrem Blick, dass sie ihren Erinnerungen nachhing. Ihr Gesicht leuchtete und verfinsterte sich abwechselnd, und er überließ sie ihren Gedanken, verhielt sich ruhig und studierte das Zimmer mit all den Spuren eines vergangenen Lebens. Auf dem Schminktisch ein Foto von Frau Lemke als junge Frau. Schon damals strahlte sie diese Eleganz aus. Daneben die Schwester und ihr Mann in mittleren Jahren. Die Schwestern ähnelten sich, obgleich Frau Lemke auf dem Foto unbekümmerter wirkte. Bei dem Mann fielen ihm die eng stehenden Augen auf. Der breite rote Rahmen erinnerte Georg daran, dass er das Bild schon einmal gesehen hatte. Damals vor über dreißig Jahren, als Wolfgang und Frau Lemke sich gestritten hatten und er dazwischengegangen war. Wolfgang hatte es in der Hand gehabt.

»Ihre Schwester und ihr Mann wirken sehr lebensfroh und abenteuerlustig auf dem Foto«, sagte er.

»Das waren sie, aber sie waren auch Gift füreinander.«

Frau Lemke stand auf, nahm das Foto und legte es in die Schublade des Schminktisches.

»Wenn ich ihre Sachen weggebe, bleibt nichts von meiner Schwester übrig. Es gibt niemanden, der sich an sie erinnert«, sagte sie. »Nur mich.«

Die Schranktüren standen offen, Frau Lemke hatte angefangen, Kleider und Mäntel auf das Bett zu legen. Einige der Schubladen waren aufgezogen, ein verstautes Leben entfaltete sich.

»Sie müssen das nicht machen, wenn Sie nicht wollen, Frau Lemke«, sagte er.

Lieber hätte er herausgeschrien, dass Wolfgang an ihr Geld wollte, dass er sie ausnutzte, dass es schlichtweg keine gute Idee war.

»Wolfgang will es so, und ich bin es ihm schuldig«, sagte sie.

Georg fiel auf, dass das Zimmer zwar wie aus einer anderen Zeit schien, aber dass es keinen Staub, keine Spinnweben gab. Hier wurde regelmäßig geputzt. Frau Lemke fasste in die Tasche ihrer Schürze und überreichte Georg einen Briefumschlag. Sie nickte ihm zu, er solle ihn öffnen. Georg musste das Papier etwas von sich weghalten. Immer wenn er angestrengt und müde war, verschwammen die Buchstaben vor seinen Augen.

Ein Ticket nach New York, ausgestellt auf Gabriele Lemke am 30. Juni. Und eine Liste, was sie vor ihrer Reise zu erledigen hatte. Wohnung kündigen und ausräumen, Vermögen auflösen und auf Wolfgang überschreiben, bei der amerikanischen Botschaft ein Visum beantragen.

»Jetzt steht es fest, es gibt kein Zurück«, sagte sie.

»Was ist mit Ruthchen?«

»Wolfgang sagt, dass er sicherstellt, dass Ruthchen heil ankommt.«

Es war alles umsonst gewesen. Ein Wolfgang von Bülow ließ sich nicht austricksen, schon gar nicht von ihm.

»Ich weiß nicht, was ich mit all den Sachen machen soll«, sagte Frau Lemke. »Ich weiß nicht, ob ich ohne sie sein kann, ich habe sie jeden Tag besucht.«

Sie sprach in der Vergangenheit, bemerkte Georg. Sie würde aus seinem Leben verschwinden, und er konnte ihr nicht helfen, wenn sie so weit weg war.

»Warum muss alles plötzlich so schnell gehen?«, fragte Georg.

»Wolfgang meinte irgendetwas mit Steuern.« Sie machte eine Pause. »Aber ich glaube, er braucht jetzt einfach seine Mutter.«

Georg hatte Kais Wohnungen immer gemocht, das Sammelsurium aus Möbeln vom Flohmarkt und welchen, die er auf der Straße gefunden hatte. Sein Geschirr hatte Kai in einer Theke aus den fünfziger Jahren aufbewahrt. Eine barocke goldene Konsole im Flur. Nachdem Lea bei ihm eingezogen war, hatte sie all die Fundstücke durch weiße Möbel aus einem schwedischen Einrichtungshaus ersetzt. Georg saß am hellen Holzküchentisch und fühlte sich wie in einem Wohnkatalog, Kai goss das Nudelwasser ab. Auch hier trug er seinen Geldbeutel in der Hosentasche an der Kette, als wolle er sicherstellen, dass ihm nicht der letzte Rest Identität entwendet wurde.

»Machst du schon mal den Wein auf«, sagte Kai, während er die Nudeln in der Pfanne mit Salbeibutter und Muscheln schwenkte. Georg öffnete die Flasche und schnupperte daran, Kai war ein Gourmet. Auf dem Tisch stand das Babyfon mit dem Livebild der schlafenden Hannah-Luna. Lea traf sich mit Frauen aus der ehemaligen Krabbelgruppe.

Kai stellte die Teller auf den Tisch, goss Wein in die Gläser, zündete eine Kerze an.

»Das sollten wir öfter machen«, sagte er.

»Stimmt.«

Seit Lea bei Kai eingezogen war, hatte Georg ihn nur

selten besucht, und noch seltener, seit Hannah-Luna vor knapp zwei Jahren geboren worden war. Früher hatten sie hier viele gemeinsame Abende verbracht, die sich gewöhnlich bis in den Morgen gezogen hatten.

Kai kam ihm heute nervös, fahrig vor, er sah angespannt aus. Zum ersten Mal fielen Georg seine grauen Haare auf und die wachsenden Geheimratsecken. Bei ihm selbst sah er die Zeichen des Alters nur auf Fotos. Regelmäßig erschrak er, weil er sich fühlte wie dreißig und das Abbild auf den Fotos nicht mit seiner Vorstellung von sich übereinstimmte.

»Was ist mit deiner Tierpräparatorin?«, fragte Kai.

Georg verschluckte sich. »Caro?«

»Läuft da was?«

»Das kann man so nicht sagen …«

Hannah-Luna wimmerte im Schlaf, es klang verzerrt, am Babyfon leuchteten rote Lichter auf. Georg sah Kai wenig später auf dem Monitor, wie er seine Tochter streichelte, ihr etwas zuflüsterte.

Wie wäre es gewesen, wenn Linda und er Eltern geworden wären, wenn eines ihrer Kinder gelebt hätte?, fragte sich Georg. Er hatte bei allen Zeugungsversuchen mitgemacht, selbst die Teemischung, die Linda ihm zu trinken gegeben hatte. Fruchtbarkeitsfördernd, meinte sie. Aber für ihn war ein Kind nicht so unverzichtbar gewesen wie für sie. In letzter Zeit jedoch, wenn er Väter mit ihren Kindern sah, spürte er eine Sehnsucht in sich, nach etwas, das er nicht haben konnte.

Kai kam zurück, schenkte Wein nach, sagte: »Sie schläft momentan unruhig.«

Sie aßen weiter.

»Es ist für mich immer noch ungewohnt, dich als Vater zu sehen«, sagte Georg.

Kai trank fast das ganze Glas Wein in einem Zug. Georg fragte sich, ob er etwas Falsches gesagt hatte.

»Meine Plattensammlung haben wir jetzt eingelagert, die Wohnung ist einfach zu klein«, sagte Kai. Und nach einer Pause: »Was ist mit Frau Lemkes Wohnung?«

»Was meinst du?«

»Vermietest du sie weiter?«

»Darüber habe ich noch nicht nachgedacht. Ich gehe immer noch davon aus, dass sie bleibt.«

»Mensch, Georg.«

Unter einem Stapel Magazinen zog Kai einen Prospekt hervor, reichte ihn Georg.

»Lea träumt von einem Häuschen mit Garten im Umland.«

Er sah eine Siedlung im Grünen, ein Haus an das nächste gereiht, mit Rasen davor, Sandkiste, Schaukel und Rutsche.

»Fucking Brandenburg«, sagte Kai.

»Das ist wirklich schrecklich.«

Kai ging ans Eisfach und zog eine Flasche Tequila heraus, das Glas beschlug sofort.

»Ich kann das nicht«, sagte Kai. »Nur weil man ein Kind hat, muss man doch nicht zu dem werden, was man nie sein wollte, was man verachtet und hinter sich gelassen hat. Ich will nicht raus aus der Stadt.«

»Verstehe. Aber dafür hast du eine Familie, deine Wohnung ist nicht leer, wenn du abends nach Hause kommst. Und so, wie du mit Hannah-Luna umgehst, du könntest ohne sie nicht leben.«

Kai schenkte zwei Schnapsgläser ein. Sie stießen an, tranken beide auf ex und grinsten sich an. Der Alkohol brannte in Georgs Speiseröhre bis hinunter in den Magen. Nach einem kurzen Moment spürte er eine warme Wohligkeit, die sich von dort ausbreitete.

»Ich dachte nicht, dass alles so schnell gehen würde. Die Zeit erscheint unendlich, man lebt so vor sich hin, und auf einmal ist es schon fast vorbei, und nichts hat geklappt«, sagte Georg.

»Oder man steckt fest mit einem Haus in Brandenburg mit Trampolin.«

»Wenn ich so überlege, was ich wollte mit zwanzig, dann war es vor allem, alles anders zu machen. Zumindest das habe ich hingekriegt.«

Auf dem Monitor des Babyfons drehte sich Hannah-Luna, schlief aber weiter. Kai goss die Schnapsgläser voll. Der zweite Tequila fühlte sich nicht so stark an wie der erste, lief besser.

»Warum kann ich nicht beides haben, Familie und ein Leben?«, sagte Kai. »Warum muss alles so klein und eng werden? Jeden, wirklich jeden Morgen um 9 Uhr Kindergarten, um 15 Uhr abholen, um 18 Uhr Abendessen und um 20 Uhr schlafen legen. Und dann bin ich selbst so müde, dass ich eine Stunde später auch am liebsten ins Bett gehen würde. Mache ich aber nicht. Stattdessen höre ich Musik, während sich Lea eine *Tatort*-Wiederholung anschaut. Und dann sind wir am nächsten Morgen total müde. Wir sind immer müde.«

Georg zuckte mit den Schultern, er verstand nicht, warum sich Kai nur noch beklagte.

»Ich kann nie etwas richtig machen. Bringe ich Windeln mit, sind es die falschen, mache ich einen Brei, ist er zu matschig, schiebe ich den Kinderwagen, bin ich zu schnell, passe bei den Bordsteinen nicht richtig auf. Generell bin ich nicht vorsichtig genug.«

Etwas anderes musste dahinterstecken, dachte Georg, etwas, womit er nicht herausrücken wollte. Kai stand auf, strich sein Jeanshemd glatt, fuhr sich durch die Haare. Aus dem Regal hinter sich, zwischen den Kochbüchern, zog er einen Joint.

»Für schwierige Situationen«, sagte Kai. »Und jetzt ist eine.«

Sie zogen ihre Jacken an und gingen auf den Balkon, auf dem Unkraut aus den Blumentöpfen spross, zumindest ging Georg davon aus, dass es Unkraut war. Kai zündete den Joint an, nahm einen tiefen Zug und hielt die Luft an, reichte ihn weiter. Das mit dem Kiffen war so eine Sache bei Georg. Mal wurde er lustig davon, mal leicht paranoid, dann dachte er wiederum, er hätte alles verstanden, und wollte allen seine Erkenntnisse mitteilen. Er konnte eine ganze Gruppe damit lahmlegen und hörte erst auf zu reden, wenn alle eingeschlafen oder gegangen waren. Georg zog an dem Joint, ließ die Luft in seine Lunge, sie nickten sich zu, wie in guten alten Zeiten.

Der Wind nahm den Rauch mit, sie verfielen in ihr kommunikatives Schweigen, in dem Georg dachte, dass er sich mit niemandem auf der Welt besser verstand als mit seinem alten Freund Kai.

»Ich muss dir was sagen«, sagte Kai.

»Das habe ich mir schon die ganze Zeit gedacht.«

Kai hielt den Rauch, presste durch die Zähne, um möglichst wenig Luft herauszulassen:

»Ich habe was mit Madeleine.«

Georg grinste, er konnte seine Mimik nicht so schnell seinen Gedanken anpassen. Kai und Madeleine, das hieß, Kai könnte von ihrer gemeinsamen Nacht wissen. Georg war schon an dem Abend klar gewesen, dass er es besser hätte lassen sollen. Es gelang ihm, mit dem Grinsen aufzuhören. In Kais Blick meinte er zu erkennen, dass Madeleine ihm alles erzählt hatte und er darauf wartete, dass Georg gestand. Er gab ihm die Chance, ehrlich zu sein. Oder nicht? Kai schaute ihm in die Augen, nicht einmal ein Blinzeln. Georg hörte sein Handy klingeln, suchte es in seinen Hosentaschen, in der Tasche seines Kapuzenpullis, fand es, aber es zeigte keinen Anruf an. Er lehnte sich gegen die Brüstung, weil er sich plötzlich wackelig auf den Beinen fühlte.

»Ich weiß, ich baue Mist«, sagte Kai.

Satzfetzen jagten durch Georgs Kopf, er konnte nichts Zusammenhängendes sagen, was Sinn ergab.

»Es ist einfach so passiert, wir haben uns verliebt, und jetzt weiß ich nicht, was ich machen soll. Scheiße, Mann. Ich kann doch meine Familie nicht verlassen.«

Georg atmete tief ein und aus, um klar im Kopf zu werden. Mitgefühl durchflutete ihn. Wer, wenn nicht er, könnte verstehen, dass Menschen Fehler machten, falsche Entscheidungen trafen. Er verstand Kai, sein Mitgefühl wurde so stark, dass er Kais Hand nehmen, sie drücken wollte und ihm, seinem besten Freund, gestehen wollte, dass auch er Mist gebaut hatte. Dass nur noch die Ehrlichkeit zählte zwischen zwei alten Freunden. Und das waren sie. Was sie schon alles erlebt hatten ... Georg lachte laut auf, nichts würde das Band trennen können, solange sie ehrlich miteinander waren. Solange Georg den Mut aufbrachte, ehrlich zu sein.

»Ich muss dir auch etwas sagen«, sagte Georg.

Ein Kind weinte, ein ungezügeltes, verzweifeltes, ja fast wütendes Weinen. Georg drehte sich nach allen Seiten um. Jemand klopfte an die Balkontür, es war Lea mit der tränenüberströmten Hannah-Luna auf dem Arm. Georg lachte, das musste ein Witz sein. Er nahm die Hand vor den Mund und münzte das Lachen in ein Husten um. Kai starrte Lea an. Sie öffnete die Balkontür.

»Von wegen, ich kann in Ruhe ausgehen, du machst das schon. Das Kind weint sich die Augen aus, und ihr steht da draußen und kifft. Die ganze Wohnung stinkt.«

Sie knallte die Tür zu, die von dem Aufprall wieder aufschwang, verschwand mit Hannah-Luna Richtung Schlafzimmer.

Georg war nicht in der Lage, etwas zu sagen, vielmehr konzentrierte er sich darauf, nicht zu lachen. Er biss sich auf die Unterlippe und folgte Kai in die Wohnung. Kai schenkte zwei Tequilas ein, sagte »Schnell«, und beide kippten ihn hinunter. Lea holte eine Babyflasche aus dem Schrank, knallte die Tür, holte Milch aus dem Kühlschrank, knallte die Tür, füllte die Milch in die Flasche, knallte sie in den Flaschenwärmer. Georg konnte einen Rhythmus in dem Knallen erkennen.

Lea verschwand wieder.
»Scheiße«, sagte Kai. »Ich bin so breit.«
Sie kicherten.
»Was wolltest du mir sagen?«
Georg strich sich mit der Hand über das Gesicht.
»Nichts«, sagte er.

Georg wollte nur schnell die gebündelten Zeitungsstapel in die Tonne werfen, bevor Caro kam, doch der Altpapiercontainer war voll. Die neue Familie aus dem dritten Stock bestellte ständig irgendwelche Dinge im Internet und blockierte die Tonne mit den Kartons. Er fragte sich, ob sie jemals etwas in einem richtigen Geschäft kauften. Georg stieg mit seinen blauen Turnschuhen, die er nur zu besonderen Anlässen trug, und seinem karierten Flanellhemd, das für ihn die perfekte Mischung aus feierlich, aber doch locker war, in die Tonne und trat die Kartons klein. Er brauchte Platz in dem Container. Gestern hatten Frau Lemke und er das Zimmer ihres Mannes geöffnet, der ein Jahr vor Wolfgangs Abreise nach New York verstorben war. Er war einfach morgens nicht aufgewacht, kalt neben ihr liegen geblieben. Frau Lemke hatte die Tür zum Herrenzimmer geschlossen, damals in den Achtzigern, und seitdem nur ein, zwei Mal im Jahr geöffnet, um sauber zu machen.

An den Wänden stapelten sich Zeitungen bis unter die Decke. Frau Lemke erzählte, dass ihr Mann sie nicht weggeworfen hatte, weil er sie noch einmal durchschauen hatte wollen. Und nach seinem Tod hatte sie es nicht über sich gebracht. Sie waren ja noch nicht durchgearbeitet. Es dauerte mehrere Stunden, bis Frau Lemke endlich aufgab und die Zeitungen aussortierte, ohne sie vorher durchzublättern.

Die Ausgaben des *Spiegels* hatte Georg gestern in ein Antiquariat gebracht, aber die vergilbten Tageszeitungen warf er weg. Morgen wurde die Altpapiertonne geleert, und er wollte sie vorher noch so voll wie möglich stopfen. Das ersparte ihm den Weg zum Recyclinghof.

Er wusste genau, dass Frau Meyer beobachtete, wie er in der Mülltonne die Kartons zertrat. Sie lauerte nur darauf, ihn mit ihren Kommentaren zu überschütten. Er nannte sie Sheriff, nichts entging ihr in seinem Haus. Der Inhalt der Tonne reduzierte sich um die Hälfte.

Die Zeichen für Frau Lemkes Auszug wurden deutlicher, dennoch konnte Georg sich nicht vorstellen, dass sie Ernst machen würde. Er dachte, irgendetwas müsste geschehen, das alles stoppen und auf null drehen würde. Bisher hatte er weder gewagt, ihr zu sagen, was er über ihren Sohn herausgefunden hatte, noch hatte er Wolfgang direkt damit konfrontiert.

Tief in seinem Inneren hatte er Angst vor ihm, als wäre er noch immer der kleine Junge. Am meisten fürchtete er sich vor dem Satz: »Du bist nicht ihr Sohn.«

Der hatte lange in ihm nachgehallt, als Wolfgang ihn ihm damals in der Küche mit hasserfüllten Augen ins Gesicht geschrien hatte.

Du. Bist. Nicht. Ihr. Sohn.

Frau Meyer kam auf ihn zu, er hatte es gewusst. Sie hatte einen Müllbeutel in der Hand, und er konnte sehen, dass er unsortiert war. Sie hatte sich die Gelegenheit nicht entgehen lassen, ihn zurechtzuweisen, zumindest eine Bemerkung loszulassen. Ihr weißes Haar trug sie kurz, ihr schwarzer Wollmantel war fusselig und die Augenbrauen zwei aufgemalte schwarze Striche, die zu breit waren. Er erinnerte sich, wie sie mit ihm geschimpft hatte, als er noch ein kleiner Junge gewesen war und im Hinterhof seinen Ball gekickt hatte, und wie er dabei ihre tanzenden gemalten Augenbrauen beobachtet hatte.

Ich werde höflich bleiben, sagte er sich, während er sie anlächelte. Denn herumschreien war nicht sein Stil, auch wenn Frau Meyer ihn nervte.

Sie deutete auf die Zeitungsstapel neben der Altpapiertonne.

»Wenn man der Hausbesitzer ist, ist es wohl erlaubt, so viel Papier wegzuwerfen, wie man möchte«, sagte sie.

»So ist es, Frau Meyer«, sagte er. Vermutlich hatte sie auch mitbekommen, dass er die Stapel aus Frau Lemkes Fenster in den Hof geworfen hatte, damit er nicht so oft die Treppen laufen musste.

Frau Meyer zog einen Mundwinkel hoch, was er als verächtlich wertete, und warf ihre unsortierte Mülltüte in die Recyclingtonne. Er würde sich von ihr nicht provozieren lassen, sie mit einem Lächeln darauf hinweisen, dass es in diesem Haus Regeln gab und jeder Mieter verpflichtet war, seinen Müll zu trennen.

»Caro ist da«, rief Frau Lemke aus dem Küchenfenster.

Er sprang aus der Tonne und verdrehte sich die Hand. Für einen Moment gab es nur den Schmerz in seinem Gelenk, stechend, aber er konnte sich dem nicht hingeben. Mit der linken Hand warf er drei Zeitungsbündel in den Container. Er hatte Caro zuerst in seiner Wohnung empfangen wollen, doch dann war ihm eingefallen, dass da zu viel Linda war. Nicht dass er sie vor Caro verstecken wollte, aber es fühlte sich zu intim an, es war noch nicht an der Zeit, die beiden zusammenzubringen. Deshalb hatte er vorgeschlagen, sich gleich bei Frau Lemke zu treffen.

»Ich komme«, rief Georg hoch.

Er warf drei weitere Stapel in die Tonne. Um den Rest wollte er sich später kümmern.

»Das sollte sich unsereins mal erlauben«, hörte er Frau Meyer beim Weggehen sagen. Das hasste er besonders, wenn er irgendetwas nachgeschoben bekam.

Er drehte sich nicht um, sondern blickte nach vorne, Caro in seinem Haus, bei ihm. Es dauerte eine Weile, bis Frau Lemke den langen Flur hinuntergegangen war, um Georg die Tür zu öffnen. Er war ein wenig nervös, war sich nicht sicher, wie er und Caro zueinander standen. Doch sobald er sie sah, mit dem in sich gekehrten Lächeln, ihrem hellroten Lippenstift, wieder in Schwarz gekleidet, wie sie da auf seinem Platz auf dem Sofa saß und Ruthchen streichelte, als wäre Caro ein Teil der Küche, seiner Welt, da wusste er, dass es gut war. Sie begrüßten sich mit Küssen auf die Wange, er zog tief ihren Duft nach Sandelholz ein.

»Sie scheint viel ruhiger«, sagte Caro.

»Manchmal spreche ich mit ihr, als wäre sie noch da«, sagte Frau Lemke.

»Das ist sie auch, nur in anderer Form«, sagte Caro.

»Ich komme mir dann albern vor, aber was soll's. Mich hört ja niemand, außer Ruthchen.«

Frau Lemke goss einen Tee auf. Sie wirkte aufgeräumter auf Georg als noch vor einer halben Stunde, als sie das schlechte Gewissen umtrieb, die Zeitungen ungesehen wegzuwerfen. Sie hatte ihre Haare gebürstet und zurechtgesprüht. Jetzt saßen sie wieder elegant wellig, wie er es von ihr kannte. Sie setzten sich an den Tisch, den Frau Lemke mit einem chinesischen Teeservice gedeckt hatte, das Georg noch nicht kannte.

»Sie hätten sich keine Umstände wegen mir machen müssen, ich kann gar nicht lange bleiben. Ich bin nur auf dem Weg für eine Lieferung außerhalb Berlins und wollte Ruthchen unbedingt wiedersehen.«

»Ich bin froh, das Geschirr noch einmal benutzen zu können. Es stand so lange im Schrank«, sagte Frau Lemke.

Sie zog mit ihrem Zeigefinger den hauchdünnen Rand der Porzellantasse nach. »Es ist von meiner Mutter. Ich kenne es von Kindheit an. Was soll ich nur mit all den Sachen machen, ich kann sie nicht mitnehmen.«

Georg rieb seine Hand, die noch schmerzte. Er wusste nicht, wie viel Gepäck Frau Lemke mitzunehmen plante, glaubte aber herausgehört zu haben, dass Wolfgang es bevorzugte, wenn sie mit wenigen Koffern kommen würde. Wolfgang war sicherlich der Meinung, es würde sich nicht lohnen, all die Erinnerungen, die seine Mutter nach Jahrzehnten aus Schränken und Schubladen zog, nach New York zu bringen.

»Wolfgang meinte, dass er den Rest ausräumen lässt, wenn ich es nicht schaffe. Ich solle mir keine Sorgen machen«, sagte Frau Lemke. »Dann landen meine Sachen in diesen Kisten auf dem Flohmarkt, und die Leute wühlen in meinen Fotos und beäugen kritisch mein Porzellan. Du weißt doch, wie das aussieht, Georg, alles für einen Euro. Ich habe gesehen, wie die Leute da durchschauen und sich amüsieren.«

Caro erhob sich und nahm Frau Lemkes Hände fest in ihre, schaute ihr tief in die Augen.

»Sie wissen, dass Sie nichts machen müssen, was Sie nicht wollen.«

Georg bewunderte Caro, diese feinfühlige Art. Sie hatte nicht nur ein Gespür dafür, das Wesen toter Tiere zu begreifen, sondern konnte auch die Not anderer Menschen erkennen. Frau Lemkes Augen wurden glasig.

»Ich muss nach New York, zu meinem Sohn«, sagte sie.

»Selbst das müssen Sie nicht, wenn Sie nicht wollen.«

»Wolfgang ist mein Sohn, und es ist richtig, bei meiner Familie zu sein«, sagte Frau Lemke und schaute dabei Georg an.

Eine Verbundenheit, die er mit seinen Eltern nie gespürt hatte. Er erinnerte sich, wie er sich als Kind gefragt hatte, ob er vielleicht im Krankenhaus vertauscht worden war. Ob das Schicksal sich bei der Familieneinteilung nicht vertan hatte.

»Ich habe mich in New York nie wohlgefühlt«, sagte Frau Lemke auf einmal. Das größte Zugeständnis ihres Unbehagens bisher. »Ich mag es hier, hier ist alles so ruhig, mein Haus, meine Wohnung, meine Erinnerungen. Wie soll ich ohne meine Erinnerungen leben?«

»Warum können Sie das Wolfgang nicht sagen?«, fragte Caro.

»Er soll nicht denken, dass ich ihn nicht mag. Wenn er seine alte Mutter bei sich haben möchte, ist das ein Segen.«

Ihr Gesichtsausdruck änderte sich, in ihren Blick mischte sich Entschlossenheit, verdrängte Traurigkeit und Angst. Sie holte ein Papier aus der Schublade und überreichte es Georg.

»Ich habe lange überlegt, es geht nicht anders«, sagte sie.

Obwohl er ihr beim Ausräumen der Wohnung half, hoffte er auf eine glückliche Wendung. Er war davon überzeugt, dass sie am Ende bleiben würde. Doch nun hielt er es blau auf weiß in seiner schmerzenden Hand. In Frau Lemkes akkurater Schrift verfasst, in der die Bogen in gleichen Höhen und Abständen gezogen wurden.

Die Kündigung ihres Mietvertrages.

Frau Lemke sagte, Wolfgang lasse fragen, ob er sie früher aus dem Vertrag entlassen würde, als die gesetzliche Kündigungsfrist es vorschreibt. Georg schwieg, weil er mit sich rang, ob er ihr genau jetzt sagen sollte, dass ihr Sohn ein mieses Spiel spielte. Es jetzt voller Wut und Enttäuschung herauszuschreien wäre falsch, beschloss er. Vielmehr würde er erst seine Gedanken ordnen und die Situation analysieren. Er musste den richtigen Moment abpassen, sonst würde Frau Lemke abblocken. Und deshalb sagte er nur:

»Ich muss darüber nachdenken.«

Er bewegte seine Finger, drehte seine Hand, sie schien nicht gebrochen zu sein, nur eine Stauchung, die verheilen würde, dachte er.

An diesem Morgen hatte er einen nervösen Magen und trank nur Tee zum Frühstück. Sein Vater hatte sich angekündigt, hatte nicht gefragt, ob es passte, sondern ihn vor vollendete Tatsachen gestellt.

Georg fuhr mit dem Finger durch die Zwischenräume der Magnetwörter auf dem Kühlschrank. Die Worte, die ihm Linda hinterlassen hatte, erschienen ihm so weit entfernt wie Australien. All das, was in den letzten Wochen geschehen war, hatte Linda in den Hintergrund gedrängt. Er dachte nicht mehr viel an sie.

Jeden Moment würde es klingeln. Er fragte sich, was sein Vater von ihm wollte, warum er sich die Mühe machte, bei ihm vorbeizuschauen, wo er sonst sogar regelmäßig seinen Geburtstag vergaß.

Georg wischte über die Küchenschränke und die Spüle. Mit sechzehn Jahren war er zu seinem Opa nach Berlin gezogen. Er hatte weggemusst von den Ausbrüchen seines Vaters und von dessen jüngeren Freundinnen, denen er im Haus begegnete, wenn seine Mutter sich tagelang in die Ballettschule verzog, weil es wieder galt, eine talentierte Schülerin für eine Aufnahmeprüfung vorzubereiten. Er war im Weg, und er war der Grund für all das, was im Leben seiner Eltern schiefgelaufen war: Ihre Ehe, die sie ohne ihn nicht eingegangen wären. Die Ballettkarriere, die seine Mutter wegen des Kindes, wegen ihm, aufgegeben hatte. Das verlorene Berliner Mietshaus, das Georg und nicht sein Vater geerbt hatte. Er war in dem Bewusstsein aufgewachsen, dass er ein Fehler war und störte.

Erst Frau Lemke hatte ihn darauf aufmerksam gemacht, dass eine Tanzkarriere ab dreißig Jahren sowieso schwierig geworden wäre. Mit oder ohne Kind. Da kam ihm zum ersten Mal der Gedanke, dass er auch eine Ausrede gewesen war für all die Dinge, die seinen Eltern nicht gelungen waren.

Er hatte sie nie gefragt, warum sie überhaupt ein Kind bekommen hatten. Er glaubte, er war ihnen passiert, und sie kümmerten sich netterweise um ihn. Dass er bei ihnen leben durfte, so hatte er das von klein auf empfunden. Seine Aufgabe war, möglichst wenig zu stören, und er wurde ein Meister darin, leise durch das Haus zu gehen, sich geräuschlos Essen aus dem Kühlschrank zu holen. Er wusste sogar, wie man die Dusche einstellen musste, damit das Wasser nicht zu laut plätscherte. Vielleicht wäre alles anders gekommen, wenn er ein Mädchen gewesen wäre, wenn seine Mutter aus ihm eine Ballerina hätte machen können. Wenn ihm der Ballettunterricht nicht zuwider gewesen wäre, die Klaviermusik, die Stange. Mit elf Jahren zwang ihn eine Knieverletzung mit dem Training aufzuhören. Damit war der Traum der Mutter geplatzt und sein Martyrium beendet. In der Schule nannten sie ihn trotzdem weiterhin Pirouettendepp oder Drehidiot.

Es klingelte. Georg ließ seinen Vater dreimal klingeln, erst dann öffnete er die Tür.

»Schläfst du noch um diese Uhrzeit?«, fragte der statt einer Begrüßung.

Ein braun gebrannter Dandy mit gelblich blond gefärbten Haaren. Sein Bauchansatz quoll über die Slim Fit Jeans, darüber ein rosafarbenes Hemd. Er sah lächerlich aus. Georg kam der Begriff Gockel in den Sinn. Der Vater betrat die Wohnung, ging zielgerichtet in die Küche, dicht gefolgt von einer Blondine Ende zwanzig, schätzte Georg. Derselbe gefärbte Gelbstich, aufgespritzte Lippen. Der Duft des Rasierwassers seines Vaters breitete sich in der Wohnung aus.

»Was führt dich zu mir?«, fragte Georg.

»Ich wollte Amanda, das ist Amanda, meinen Sohn vorstellen und das Haus zeigen.«

Amanda lächelte.

»Kann ich euch etwas anbieten? Kaffee, Tee, Wasser?«

»Möchtest du einen Kaffee, Schatz?«, fragte der Vater die Freundin.

»Ja, gerne.«

Der Vater schaute sich demonstrativ um, sah seinen Sohn abfällig an, dieser Blick, den er von klein auf kannte. Erst weil Georg in der Ballettschule der Mutter Unterricht genommen hatte, dann weil er den Unterricht wegen der Verletzung abbrechen musste, dann wegen seiner Abneigung, mit dem Vater auf die Jagd zu gehen und Tiere zu töten, dann wegen seines Literaturstudiums, dann wegen seines Jobs beim Radio. Das sei kein Beruf, hatte er gesagt. Als Georg in die Online-Abteilung gewechselt war, hatte er sich schon von der Idee verabschiedet, seinen Vater beeindrucken zu können, antwortete auf die Frage, wie die Arbeit liefe, mit »Alles okay«.

Der Vater schien mit Georgs Geburt das lebenslange Recht erwirkt zu haben, ihn minderwertig finden zu dürfen. Und Georgs Rolle war es, sein Leben so zu gestalten, dass sein Vater es missbilligen konnte.

»Warum bist du an einem Dienstagvormittag zu Hause?«, fragte der Vater.

Es ging ihn nichts an, dass Georg seine Karriere beendet hatte, dass er nicht mehr arbeiten ging. Er stand mit dem Rücken zu ihnen, der Wasserkocher gab sprudelnde Geräusche von sich. Georg wartete, bis das rote Licht erlosch. Erst dann drehte er sich um.

»Was führt euch wirklich zu mir?«, fragte er.

Der Vater nahm seine Ledertasche auf den Schoß, während Georg Kaffeetassen, Milch und Zucker auf den Tisch stellte. Sie schauten sich nicht an. Der Vater zog eine Klarsichtfolie aus der Tasche, rückte das Geschirr zur Seite, legte die Unterlagen auf den Tisch und strich darüber.

»Das hier«, sagte er, »ist ein Angebot von meinem Kollegen.«

Georg schenkte Kaffee ein.

»Ein Angebot für das Haus. Drei Millionen.«

Das war es also.

Georg setzte sich ihnen gegenüber. Amanda rührte mit einem gleichgültigen Gesichtsausdruck in ihrer Tasse. Georgs Blick landete auf den kleinen Glitzersteinen, die auf ihren hellblauen Fingernägeln klebten. Er spürte das dringende Bedürfnis, die beiden aus seiner

Wohnung werfen zu wollen, sofort, ihren Geruch, ihre Energie.

»Was hältst du davon? Das ist ein Spitzenpreis für das heruntergekommene Haus«, sagte der Vater.

Georgs Sinne waren geschärft, er musste jetzt vorsichtig sein. Durfte sich nicht einlullen lassen.

»Was hättest du davon?«, fragte Georg.

»Eine Vermittlerprovision. Die steckt aber schon im Verkaufspreis, inklusive, kostet dich nichts.«

Amanda rührte noch immer in ihrer Tasse, blickte nicht auf.

»Und, was sagst du?« Der Vater schaute ihn erwartungsvoll an.

Drei Millionen überstiegen Georgs Vorstellungskraft. Eigentlich brauchte er nur Geld, um das Haus sanieren zu können. Endlich die Wasserleitungen austauschen, ein neuer Anstrich wäre gut, ein Teppich im Treppenhaus ein Traum. Das war alles, was ihn interessierte, wenn er zu Geld käme. Das Haus zu verkaufen, diese Möglichkeit war ihm noch nie in den Sinn gekommen. Auf der anderen Seite, wenn er darüber nachdachte: Er könnte sich eine Eigentumswohnung leisten. Die dunklen Winter, die ihm von Jahr zu Jahr mehr zusetzten, in der Sonne verbringen. Aber er glaubte nicht, dass er in der Lage wäre, seine Mieter ihrem Schicksal zu überlassen. Luxussanierungen, Rausekeln, damit die Wohnungen teuer verkauft werden konnten, selbst bei einer Frau Meyer brachte er das nicht übers Herz. Außerdem hatte sein Opa ihm das Haus überschrieben, weil er wusste, dass er sich darum kümmern würde.

»Ich habe mir die Klingelschilder angeguckt«, sagte sein Vater. »Hier wohnen immer noch dieselben Leute. Mit den alten Mietern kriegst du nicht genug Geld rein, und wie du weißt, kannst du die Miete nicht so leicht erhöhen. Es stehen Sanierungen an. Das Dach sieht auch nicht gut aus, du hast keine Rücklagen und kannst das alles nicht finanzieren. Dein kleines Radiogehalt reicht nicht aus.«

Der Vater nahm einen Schluck Kaffee, ließ jetzt Georg nicht aus den Augen.

»Was sagst du zu dem Angebot?«, fragte er.

»Ich komme zurecht, danke«, sagte Georg.

»Wie, du kommst zurecht, was soll das heißen?«

»Ich werde das Haus nicht verkaufen.« Das kam aus Georgs Innerstem, intuitiv. »Es geht mir ansonsten gut, danke der Nachfrage.«

An der stockenden Flachatmung, daran, wie sein Vater sich die Hand auf die Stirn legte, erkannte Georg, dass er stinksauer war.

Das letzte Mal hatte Georg ihn so vor Gericht gesehen, als er das Testament des Opas angefochten hatte. Georg erinnerte sich, dass der Vater seine Freundin, eine andere noch, aber ebenso jung und ebenso blond, so heftig von sich gestoßen hatte, als sie ihm nach der Urteilsverkündung über den Arm streichelte, dass sie über die Bänke fiel.

Georgs Opa, selbst Jurist, hatte sein Testament so sicher gemacht, dass es unanfechtbar war. Georg war der Erbe, und sein Vater musste sich damit abfinden, dass er für »diesen Loser« übergangen worden war. Es waren die kleinen Bemerkungen, mit denen er Georg schikanierte, Giftpfeile, die ihn wie aus dem Nichts trafen und mit scheinbarem Humor verkleidet waren.

Loser. Feigling. Tanzaffe.

»Du bist ein Idiot, wenn du das Angebot nicht annimmst«, sagte der Vater. »Das ist die beste Möglichkeit, diese Bruchbude loszuwerden. Du bist der Einzige, der kein Kapital aus dem Boom zieht, weil du die alten Leute immer noch für ein Taschengeld hier wohnen lässt.«

Sein Vater hatte recht, er zog nicht genug Geld aus dem Haus, um die Instandhaltung finanzieren zu können. Und wahrscheinlich wäre sein Leben leichter, wenn er das Haus verkaufen und die Mieter ihrem Schicksal überlassen würde.

»Ich habe in einer halben Stunde einen Termin«, sagte Georg.

Der Vater nahm seine Tasche.

»Ich lasse dir das Angebot hier, überleg es dir. So etwas bekommst du nicht mehr auf den Tisch, nicht zu dem Preis.«

Die Freundin folgte dem Vater hinaus, ebenfalls grußlos. Georg fragte sich, wo sein Vater diese Frauen fand, die sich nicht nur optisch ähnelten, sondern sich auch alle gleich verhielten. Sie sprachen nur wenig, und wenn, dann um seinem Vater zuzustimmen. Sobald sie Widerspruch wagten, so dachte Georg, wurden sie gegen eine andere, vorzugsweise jüngere ausgetauscht. Georg öffnete das Fenster, es wurde kalt in der Küche, doch der Geruch seines Vaters wurde schwächer.

Das Haargummi war sein Glücksbringer geworden, er trug es immer in der Hosentasche bei sich. Heute hatte er sich wieder damit die Haare zusammengebunden. Ein kalter Wind wehte ihm ins Gesicht, er war auf dem Weg zu Caro. Die Stadt wurde anstrengend, wenn der Winter sich in die Frühlingsmonate zog, konnte einen hinunterziehen, wenn man nicht aufpasste, in den Strom der immer gleichen lichtlosen Tage. Noch brauchte er Handschuhe beim Fahrradfahren, nicht mehr die dicken Skihandschuhe, die er bei Minusgraden trug, aber noch die leichten Lederhandschuhe. Er hatte auf die Mütze verzichtet, einfach weil es April war und er dachte, es müsste ohne gehen, ein Fehler, wie sich jetzt herausstellte. Der Wind riss an seinen Ohren.

Obwohl schon 20 Uhr, war der Himmel nicht winterschwarz, sondern helldunkel. In der Ferne von gelblichen Streifen durchzogen, die auf einen Rest Sonne irgendwo hinter dem Wolkenband schließen ließen. Die Stadt war bereit für den Frühling, war bereit, nach dem Winterschlaf aus den Häusern zu kriechen und das Leben in die Straßen zurückzubringen.

Caro hatte ihm geschrieben, dass sie in einer Kneipe Belas Abitur vorfeierten, und ihn gefragt, ob er dazukommen wollte. Er war sofort auf sein Fahrrad gestiegen. Natürlich wollte er sie wiedersehen. Nach ihrem

Besuch hatte Frau Lemke gemeint, Caro sähe Linda sehr ähnlich, und sie hatte ihn mit einem ungewohnten Ernst in der Stimme gewarnt, dass Menschen nicht austauschbar seien. Dabei hatte sie eine Augenbraue über die Mitte der Stirn hochgezogen. Seitdem dachte er darüber nach, ob er Caro wirklich mochte oder sie ein Linda-Ersatz für ihn war. Doch es fühlte sich anders an mit ihr, hatte nichts mit Linda zu tun. Caro war für ihn aufregend und beruhigend zugleich, denn nichts drängte von ihrer oder von seiner Seite. Und das mochte er so an ihr. Sie schien ihn nicht zu brauchen, weder für ihren Erfolg noch für ihren Misserfolg, er fühlte sich zum ersten Mal nicht als Instrument der Selbstoptimierung. Caro ließ ihn in ihr Leben, ohne ihm eine Bezeichnung geben zu müssen.

Die Kneipe war klein und dunkel, roch nach abgestandenem Rauch. Er sah Caro an einem Tisch umringt von jungen Leuten sitzen. Sie waren die einzigen Gäste. Caro winkte ihm zu, er fühlte sich für einen kurzen Moment unsicher, ob er in ihr Umfeld passte. Sie stellte ihn vor, während er lächelte und hoffte, dass es nicht zu verkrampft wirkte.

»Ah, der Typ mit der Katze«, sagte Bela. Es musste Bela sein, denn er war seiner Mutter wie aus dem Gesicht geschnitten. Er schien noch größer und noch schmaler zu sein.

»Ja, das ist der Typ mit der Katze«, sagte Caro.

Lachend erzählte Bela die Geschichte von der Katze und der alten Frau, von Ruthchen, Frau Lemke und ihm. Er sah aufgerissene Münder am Tisch, hörte das Gelächter, und ihm war klar, dass er nicht bleiben konnte. Er wollte hier weg, dachte über eine Ausrede nach, um verschwinden zu können, als Caro sagte, dass es eigentlich eine sehr traurige und gleichzeitig sehr schöne Geschichte sei, weil es um Verantwortung und Liebe gehe. Georg legte seine Hand auf Caros.

»Sorry, war nicht so gemeint«, sagte Bela. »Wir feiern nur ein bisschen. Schön, dass du gekommen bist.«

Er schob Georg sein Bier zu.

»Auf eure Abiprüfungen«, sagte Georg.

Bela war ungestümer als Caro, das war wohl seinem Alter geschuldet. Aber er hatte auch diese Tiefe, dieses Mitfühlende, ging mit seinem Gegenüber eine Verbindung ein, wenn er redete. Georg fand ihn sympathisch, war aber noch eine Weile damit beschäftigt zu vergleichen, was Bela von Caro hatte und was nicht.

»Sie waren fast alle schon zusammen im Kindergarten«, sagte Caro.

Er stellte sich vor, wie es gewesen wäre, hätte er Caro früher getroffen, hätten sie zusammen ein Kind bekommen. Wenn er einen Sohn so alt wie Bela hätte. Mit Caro hätte er es sich vorstellen können, mehr als jemals mit Linda, bei der er sich eher genötigt gefühlt hatte.

Er beobachtete Caro, wie sie lachte, sich auf eine mütterliche und gleichzeitig freundschaftliche Art unterhielt. Wie sie sich eine Haarsträhne hinter das Ohr schob, ihm zuzwinkerte, weil sie merkte, dass er sie beobachtete.

»Und was machst du so?«, fragte das Mädchen, oder vielmehr die junge Frau neben ihm.

Wenn er früher gesagt hatte, dass er beim Radio arbeitete, hatte ihm das einen gewissen Respekt eingebracht. Oft Bewunderung, was er lästig fand, denn sein Job war weiß Gott nicht aufregend. Was sollte er jetzt auf diese harmlose Frage antworten, die darüber entschied, was die anderen von ihm dachten? Mit der Antwort legte er fest, ob er interessant war oder nicht. Sollte er sagen, dass er bis vor Kurzem beim Radio gearbeitet hatte, dass er verrückte Zeiten miterlebt hatte, aber dass sie sich auseinanderentwickelt hätten, er und sein Beruf? Wen interessierte schon die Vergangenheit bei solch einer Frage. Also sagte er, zum ersten Mal überhaupt:

»Ich verwalte ein Haus.«

Ihr Gesicht leuchtete auf, sie stupste ihre Sitznachbarin an, fragte ihn:

»Hast du eine Wohnung für uns?«

»Bei mir ist nichts frei. Leider.«

Alle hoben ihre Biergläser an, Bela rief: »Auf die Prüfungen und die Freiheit danach.«

Caro blickte ihn stolz an.

»Was meinst du«, fragte Bela und beugte sich zu ihm vor. »Könnte Caro heute bei dir schlafen? Bei uns wird das noch eine lange Nacht, und sie steht immer so früh auf.«

Georg zuckte die Schultern.

»Klar, sicher, warum nicht?«

»Cool«, sagte Bela.

»Schön, dass du mich weitervermittelst«, sagte Caro.

»Ach komm, ein Mal sturm, für das Abi.«

»Ich befürchte, das wird in den nächsten Wochen öfter passieren«, sagte sie.

Er war nicht vorbereitet, schoss es Georg durch den Kopf. Und er hatte jetzt keine Zeit mehr, seine Wohnung umzuräumen, zumindest ein wenig die Spuren seines anderen Lebens, seines Lebens mit Linda, zu verwischen.

Caro würde alles sehen heute Nacht.

Linda war über ihn gekommen wie ein Gewitter, kein zaghaftes Vortasten, kein schüchternes Beschnuppern. Nein, so lief das nicht mit Linda. Er erinnerte sich an die Eisblumen an ihrem Fenster, als er nach einer Clubnacht zum ersten Mal mit ihr nach Hause gegangen war, so kalt war es gewesen. Sie waren ineinander verschlungen eingeschlafen, waren zu müde und zu betrunken gewesen. Erst später, als sie aufgewacht waren, und er glaubte sich zu erinnern, dass sie aufgewacht waren, weil sich ihre Körper aneinander gerieben hatten, erst dann hatten sie miteinander geschlafen, kurz und heftig, weil sie sich noch fremd waren. Danach, als er sich erschöpft auf den Rücken gedreht hatte, erschöpft von ihrer Vehemenz, hatte sie sich über ihn gebeugt und gesagt:

»Ich kriege meine Wohnung nicht warm, ich ziehe bei dir ein.«

Zwanzig Jahre später war sie ebenso Hals über Kopf ausgezogen.

Mit Caro war es anders.

Caro war die Frühlingsbrise, die ihn umspielte. Bei Linda hatte er sich mitgezogen gefühlt, sie vorneweg und er hinterher, nie konnte er mit ihr Schritt halten, schien es ihm.

Das mit Caro fühlte sich sanft an, er lächelte beim

Gehen, der hauchdünne Nieselregen störte ihn nicht, erfrischte ihn vielmehr. Er hielt das Gesicht in die Luft.

Er hatte die Haare zu einem Zopf gebunden, mit seinem Zauberband. Die Brötchen in der Papiertüte wärmten seinen Bauch. Er war extra zu dem Bäcker gegangen, der weiter entfernt war, weil dessen Brötchen besser schmeckten. Georg lächelte bei der Erinnerung an die vergangene Nacht, seine Füße trugen ihn leicht über den Gehweg. Er hatte keine Ahnung, ob das mit Caro eine Beziehung werden könnte, aber darum ging es nicht. Er wollte nichts kategorisieren, nicht voraus- und ausnahmsweise nicht zurückdenken. Er wollte nur mit ihr zusammen sein, ihr Lachen sehen, ihre raue Stimme in seinen Ohren. Ihr Gesicht morgens zwischen seinen Bettlaken. Er dachte daran, wie er heute neben ihr aufgewacht war, wie blass und schön sie ausgesehen hatte. Zum ersten Mal, seit Linda weggegangen war, wollte er nicht, dass eine Frau am nächsten Morgen verschwand, er wollte, dass Caro blieb.

Als er seine Wohnungstür aufschloss, roch es nach Kaffee. Caro hatte ein T-Shirt von ihm angezogen und saß am Tisch, auf Lindas Platz. Eine idyllische Szenerie in seiner Küche, und doch stimmte etwas nicht. Caros Gesichtsausdruck wirkte härter als noch vor einer halben Stunde.

Sie schaute ihn kaum an.

»Tut mir leid, es geht morgens nicht ohne Kaffee bei mir«, sagte sie.

»Ich habe Brötchen geholt.«

»Ich frühstücke eigentlich nicht.«

»Schade.«

Sie zuckte mit den Schultern.

Er setzte sich ihr gegenüber, suchte die Milde in ihrem Gesicht, fand sie nicht. Auf einmal fühlte er sich sehr albern mit seinen Brötchen, er behielt die Tüte auf seinem Schoß.

»Hör mal, wenn das gestern alles zu schnell für dich war …« Er stockte. »Also, ich weiß nicht.«

Er las Mitleid in ihren Augen, fragte sich, was geschehen war in der halben Stunde, in der er draußen gewesen war. Sein Blick fiel auf das Angebot seines Vaters auf dem Küchentisch, unangetastet, daneben die Schale mit Lindas Ringen.

Und auf einmal wusste er es.

»Wie lange ist deine Freundin weg, hast du gesagt?«, fragte Caro.

»Etwas mehr als eineinhalb Jahre.«

Beinahe hätte er ihr die exakte Zahl der Tage gesagt, weil er immer noch mitzählte, jeden Morgen einen Tag auf seiner inneren Liste hinzufügte. Eine Routine wie Zähneputzen.

Caro nahm die Ringe aus der Schale, schaute sie an, betastete sie. Georg hätte sie ihr am liebsten aus der Hand genommen, denn dieses andere Leben, sein vorheriges Leben, hatte nichts mit dem zu tun, was sie jetzt hatten.

»Alles hier sieht aus, als wäre sie immer noch da.«

Genau so hatte es Georg lange Zeit gewollt. Doch die Dinge änderten sich. Er rechnete nicht mehr damit, dass Linda jeden Augenblick plötzlich in der Tür stand. So viel hatte er in den letzten Wochen verstanden. Aber er war nicht so weit gewesen, sich von ihren Sachen zu trennen. Er hatte es nicht über sich gebracht.

»Aber das finde ich nicht das Schlimmste, das kann ich vielleicht noch irgendwie nachvollziehen«, sagte Caro.

Sie machte eine Pause, und er wusste, was jetzt folgte, was jetzt folgen musste. Warum habe ich die Wohnung nicht vorbereitet, bevor sie kam, hämmerte es in seinem Kopf.

»Überall Fotos und Bilder von ihr, es ist doch Linda, richtig?«

Er nickte.

»Sie sieht aus wie ich.«

»Nein, du siehst anders aus.«

Er wollte erklären, was alles an Caro anders war, ihre Augen, die so viel Wärme ausstrahlten, die bis in seine Seele blickten. Ihre Grazie, ihre grausamen und zugleich zarten Hände. Letztendlich war nichts wie bei Linda, außer der Frisur.

Caro schüttelte den Kopf.

»Es ist mir schon gestern Abend aufgefallen, aber ich habe es weggeschoben, und heute Morgen bei Tageslicht hat es mich regelrecht erschlagen.«

Sie spielte mit den Ringen, er beobachtete sie, machtlos, gegenüber dem was da gerade geschah.

»Es sind ihre Ringe, richtig?«

Er nickte.

Sie legte sie zurück.

Zwei schlichte Goldringe mit Gravuren, die nicht mehr zu entziffern waren. Er hatte sie Linda auf einem Flohmarkt in Paris gekauft. Über Nacht waren sie dorthin gefahren, weil sie eine Modigliani-Ausstellung besuchen wollte. Sie liebte die flächigen Gesichter, in denen so viel Traurigkeit steckte. Danach waren sie auf einen Flohmarkt gegangen und hatten die Ringe in einem ledernen Schmuckkästchen entdeckt. Die perfekten Hochzeitsringe, hatte Linda gesagt. Sie hatten gelacht und sie gekauft. Georg war der Meinung gewesen, es sei am besten, wenn sie beide trage. Er würde seinen sicherlich verlieren. Es waren ihre Lieblingsringe, bis zu ihrer Abreise.

»Ich muss gleich los«, sagte Caro. »Der Zoo hat mich angerufen, der Löwe frisst nicht und hat erhöhte Temperatur. Ich muss zu ihm.«

»Ich komme mit.«

Caro stand auf, er ging zu ihr, sie wich zurück.

»Weißt du, Georg, vielleicht ist es auch einfach an der Zeit aufzuwachen.«

Als sie gegangen war, zog Georg das Gummiband aus seinem Haar und warf es auf den Tisch, neben das Angebot seines Vaters und Lindas Ringe.

Frau Lemke hatte sich bei ihm eingehakt. Die Straße ließ den Autos nur Platz für eine Spur, dafür gab es vor den Häusern Gärten, eingefasst von verschnörkelten Eisenzäunen. Es war ein ruhiger Teil Berlins, die Aufregung und der Hype um die Stadt in den letzten Jahrzehnten waren nicht bis hierhin vorgedrungen. Frau Lemke deutete auf die verschiedenen Bäume.

»Schau, der ist kurz davor zu blühen, und schau, der auch. Ich kann es kaum erwarten, dass der Frühling kommt«, sagte sie.

Sie überholten eine über ihren Rollator gebeugte Frau, die das Gerät mit kleinen Schritten über den holprigen Pflastersteinweg schob.

»Viel zu viele alte Leute unterwegs hier«, sagte Frau Lemke.

Georg hoffte, dass die Frau bereits außer Hörweite war. Das Alter war ungerecht, dachte er. Jeder nahm an, er würde von den Gebrechen verschont bleiben, als wäre die Unvergänglichkeit ein natürliches Recht, auf dem man beharren konnte. Frau Lemke fühlte sich stark mit Georg an ihrer Seite, das merkte er. Sie wirkte gelöster außerhalb ihrer Wohnung, es tat beiden gut, eine Pause von ihren Erinnerungen zu haben, die geordnet werden mussten. Zehn Minuten bevor der Mittagstisch um 12 Uhr begann, erreichten sie das Restaurant. Lange hatte sich Frau Lemke gesträubt, asiatisch zu essen. Als er sie endlich dazu überredet hatte, wollte sie nur noch zu dem kleinen vietnamesischen Restaurant am Platz vor dem Rathaus. Die Bedienung kam gleich auf sie zu und führte sie zu dem Tisch, an dem sie am liebsten saßen. Sie waren die ersten Gäste.

Georg las Frau Lemke das Menü vor, weil sie ihre Brille vergessen hatte. Dabei musste er die Karte weiter weg und ans Licht halten, und selbst dann fiel es ihm heute schwer, die Buchstaben scharf zu stellen. Er würde über eine Brille nachdenken müssen. Für sich bestellte er das Tofucurry scharf, Frau Lemke nahm das Pad Thai. Sie strich der Bedienung über den Arm.

»Sie wissen, für mich nicht scharf.«

»Wie immer«, sagte die Bedienung.

Ihre Rituale machten ihn traurig. Ihm wurde bewusst, dass alles vorbei sein würde, wenn nicht bald etwas geschähe. Er hatte mit Frau Lemke immer noch nicht darüber gesprochen, was er über Wolfgang herausgefunden hatte. Nie schien der richtige Moment zu sein. Frau Lemke entfaltete die Serviette und legte sie auf ihren Schoß.

»Ich hoffe, in New York gibt es auch Mittagstische«, sagte sie.

Georg hatte Wolfgang letztlich doch geschrieben. Tagelang hatte er über den Wortlaut nachgedacht, umformuliert, verbessert, Gemeinheiten hinzugefügt, sie wieder gestrichen, am Ende alles verworfen. Als er gestern an seinem Bürotag am Schreibtisch saß und die Betriebskostenabrechnungen für das Haus zusammenstellte, googelte er wieder Wolfgang. Stundenlang konnte Georg sich darin verlieren. Sogleich spürte er die Wut in sich aufkommen, und dann ging es sehr schnell. All das, was er in den Tagen davor formuliert hatte, floss aus ihm heraus. Er schrieb Wolfgang, wie sehr seine Mutter litt, die Wohnung auflösen zu müssen, wie verwurzelt sie in dem Haus, ja in der ganzen Nachbarschaft war. Dass Georg sich um sie kümmerte und das auch gern in Zukunft übernehmen würde. Dass er den Streit von damals begraben wollte, um mit ihm gemeinsam zu überlegen, was das Beste für seine Mutter wäre. Georg versuchte, offen zu klingen, Wolfgang nicht auf den Schlips zu treten. Doch er musste ihn auch wissen lassen, dass er Bescheid wusste, dass er ihn durchschaut hatte. Und deshalb setzte er an das Ende der Mail die Frage, ob Wolfgang sich gut in Queens eingelebt hätte.

Er las die Mail mehrmals, klickte schließlich auf »Senden«, bevor er sie löschen konnte. Seitdem wartete er auf eine Antwort.

Die Vorspeise kam, Misosuppe.

»Warum machen die da immer so viel Grünzeugs rein?«, fragte Frau Lemke, wie immer. »Es wird merkwürdig sein, wenn wir hier zum letzten Mal essen werden.«

Noch sechs Wochen, und der Abschied klebte schon an ihnen.

Sie aßen ihre Suppen.

»Was macht Caro?«, fragte sie.

»Ich weiß nicht. Ihr Löwe im Zoo ist krank.«

»Ich habe gesehen, wie sie neulich morgens das Haus verlassen hat.« Frau Lemke zwinkerte ihm zu.

Nachdem Caro gegangen war, hatte er die Schale mit den Ringen in den Restmüll geworfen. Linda erdrückte ihn.

SCHATTEN LÖSUNG LACHEN

Die Magnetstreifen auf dem Kühlschrank starrten ihn an.

AUFWACHEN, es war Zeit für ihn.

Er wollte nicht mehr rätseln, welche Botschaft Linda ihm zum Abschied hinterlassen hatte. Er hatte die Magnete abgenommen und zu den Ringen geworfen. All die Jahre mit Linda, über zwanzig Jahre, hatte er sich leben lassen, war ihr unbeteiligt hinterhergelaufen. Er durchstreifte die Wohnung auf der Suche nach Spuren seines Lebens und fand überall nur Linda. Der Flur eine Galerie, oder eine Anklage, überall Linda mit ihrem Schmerz. Es würde nicht viel übrig bleiben, wenn er ihre Sachen wegräumte. Er verstand, wie schwer es Frau Lemke in den letzten Wochen gefallen war, die Menschen aus ihrem Leben gehen zu lassen. Auch er lebte mit seinen Andenken. Die Jugendstilkommoden seines Opas, die er nach dessen Tod übernommen hatte. Die Ikea-Einbauküche, auf die Linda und er sich geeinigt hatten. Ein emotionsgeladener Kauf war das gewesen, denn schon das Wort »Einbauküche« empfanden sie als Provokation. »Auf gar keinen Fall«, »Damit kann ich nicht leben« und »Niemals« warfen sie sich an den Kopf, bevor ein Küchenplaner eine Lösung mit ihnen erarbeitete.

Die Einrichtung war ein Kompromiss, niemals das, was er wollte, aber immer das, worauf sie sich einigen konnten. Mit der Zeit mehr, was Linda wollte, denn er war es leid, alles zu diskutieren. Er hatte sie machen lassen, bei dem einen oder anderen Möbelstück jedoch betont, dass es nicht sein Geschmack war. Sie bevorzugte es nüchtern, grau, klare Linien. Er liebte gelebte Möbel, mit sichtbaren Spuren, dass sie Menschen begleitet hatten. Möbel mit Macken und Wunden.

Weil Lindas Atelier überquoll und sie nur selten Gemälde verkaufte, schleppte sie über die Jahre immer mehr Bilder in die Wohnung und zeigte ihm, was sie ihm nicht mehr sagte, weil sie mit zunehmenden Jahrestagen weniger miteinander sprachen, über die wichtigen Dinge, die sie bewegten. Nur die Küche und das Schlafzimmer blieben frei von ihren Bildern, darauf hatte er bestanden.

Seitdem Caro an jenem Morgen seine Wohnung verlassen hatte, spürte Georg zum ersten Mal den Drang, sich zu befreien. Alles, was Linda gehörte, musste raus.

Er schrieb ihr, um sie zu fragen, wohin er ihre Sachen bringen sollte, und dass er sie entsorgen müsste, wenn sie ihm nicht innerhalb einer Woche antwortete. Die Drohung empfand er als zu stark, sendete die Mail dennoch ab, denn er brauchte eine Reaktion.

Dann holte er die Ringe und die Magnetstreifen aus dem Müll. Vielleicht wollte Linda sie zurückhaben.

Als ihnen der Hauptgang serviert wurde, füllte sich das Restaurant. Am Eingang warteten mehrere, überwiegend ältere Gäste auf einen Platz.

Frau Lemke lehnte sich zu Georg vor.

»Schau dir die Alten an, sie sitzen den ganzen Tag zu Hause rum und schaffen es nicht, rechtzeitig zum Mittagstisch zu erscheinen«, flüsterte sie.

Wenn es um ihre Generation ging, konnte Frau Lemke richtig böse sein. Er verstand nicht, warum sie so ungnädig war.

Die Bedienung kam an ihren Tisch, fragte, ob alles in Ordnung sei. Frau Lemke streichelte ihren Arm.

»Alles bestens, ich werde das Essen vermissen.«

»Gehen Sie weg?«

»Ich ziehe nach New York zu meinem Sohn.«

Die Bedienung lachte. »Da gibt es viel besseres Essen als hier!«

»Ich weiß es nicht.« Frau Lemke senkte den Kopf.

Wenn Wolfgang sich nur auf seinen Vorschlag einließe, dachte Georg.

»Ich bin froh, dass du jetzt Caro hast«, sagte Frau Lemke. »Es würde mir schwerfallen, wenn ich dich allein zurücklassen müsste.«

Caro.

Er hatte keine Ahnung, was mit ihr war.

Beim Abschied hatte sie gesagt, sie würde sich melden. Das hatte er so verstanden, dass er sie nicht anrufen sollte. Seitdem hatten sie nichts voneinander gehört.

Es war Mittwoch, und er kehrte die Treppe. In der Brusttasche seines Blaumanns steckte sein Handy. Seit Tagen wartete er auf Antworten aus Australien und New York. Er bemühte sich, nicht alle fünf Minuten seine Mails zu checken. Deshalb seine Abmachung: Zwei Absätze kehren, erst dann erlaubte er sich einen Blick auf sein Handy. Vor der Wohnungstür der Müllers türmten sich schmutzige, nasse Schuhe und ein Laufrad. Er konnte es nicht fassen. Sie hielten sich einfach nicht an seine Regeln. Hinter der Wohnungstür hörte er Kindergeschrei, und er überlegte, ob er erst einmal in den Hinterhof gehen und dort aufräumen sollte, um sich abzuregen. Aber er hatte genug davon, dass die Leute dachten, sie könnten ihm auf der Nase herumtanzen.

Er klingelte.

Herr Müller öffnete, an seinem Bein hing ein Kind.

»Oh, hallo, sind wir zu laut?«

»Nein, nein. Es geht um das hier.« Georg deutete auf die Schuhe und das Rad. »Das kann hier nicht bleiben. Steht in der Hausordnung.«

»Sorry, kein Problem. Marie, hilf mal, die Sachen reinzustellen.«

»Danke«, sagte Georg. »Es wäre schön, wenn ich Sie nicht immer daran erinnern müsste.«

Das kleine Mädchen und der Vater räumten die Schuhe weg.

»Wir wissen, es ist nicht erlaubt, wir vergessen es nur immer«, sagte Herr Müller. »Zu viel Trubel.« Er lächelte Georg an.

Er war ein alter, nörgelnder Hausbesitzer geworden, ein Kinderschreck, dachte Georg. Jemand, der er nie hätte sein wollen. Er schämte sich. Aber er wusste auch, wenn er das durchgehen ließ, würden auch die anderen Mieter ihre Schuhe, und wer weiß was sonst noch, vor die Türen stellen. Dann sähe es im Hausflur aus wie in einer Rumpelkammer.

Er kehrte weiter bis nach unten, holte Wischwasser. Bei dem schlechten Wetter war die Treppe besonders verschmutzt. Das Angebot seines Vaters kam ihm wieder in den Sinn. Würde Georg verkaufen, müsste er niemanden mehr zurechtweisen, kein Treppenhaus mehr putzen. Vor allem, wenn es so verdreckt war wie jetzt, machte es keinen Spaß. Nach jedem Absatz musste er das Wasser wechseln. Auf der anderen Seite war er gern der Hausbesitzer, der oben auf seinem Thron im vierten Stock saß und über alle wachte. Georgs Vater hatte bei seinem letzten Anruf vor drei Tagen noch einmal betont, was für ein gutes Angebot er ihm gemacht habe. Und dass er sich schnell entscheiden müsse. Wenn Georg über die Finanzierung der Wasserstrangsanierung nachdachte oder über die zwanzig Jahre alten Gasthermen, die in den Wohnungen hingen und nach und nach ausgetauscht werden mussten, bekam er Angst.

Sein Handy vibrierte.

Eine Nachricht von Kai. Er müsse sich dringend mit ihm treffen, ginge nicht telefonisch. Wann er Zeit habe. Australien und New York schwiegen.

Er würde gern mit Caro sprechen, seine Gedanken sortieren. Das Wasser musste wieder gewechselt werden, es war nicht sein Tag heute.

Im Hinterhof waren die Büsche und Bäume noch kahl, die Spitzen prall gefüllt. In diesem Zustand fiel es ihm schwer, sich vorzustellen, dass es jemals wieder grün werden würde, so grün, dass man den braunen Boden nicht mehr sah, die Äste unter dem Blattwerk verschwanden. Er fegte die Steinplatten, rechte die Wiese, harkte den Boden unter den Büschen. Noch keine Spur von Frau Lemke. Die oberen Fenster waren aber geöffnet, der Vorhang nicht ganz geschlossen, sie musste zu Hause sein. Er konnte nicht umhin, die Mülltonnen zu kontrollieren, sprang in die Altpapiertonne, um die Kartons der Müllerfamilie zu zerkleinern. Er sollte sie darauf ansprechen, dass sie ihre Kartons vor dem Einwerfen zerlegten, eigentlich war das doch selbstverständlich. Die Ignoranz gegenüber den anderen Hausbewohnern ärgerte ihn.

Sein Handy klingelte, eine ausländische Vorwahl. Endlich. Was auch immer jetzt passierte, es war besser, als weiter zu warten. Er ging ran.

»Hier ist Wolfgang.«

Georg setzte sich auf das Altpapier in der Tonne. Er sah Frau Meyer am Fenster. »Gut, dass du anrufst. Wir müssen einiges besprechen.«

»Ich sage es mal ganz direkt: Könntest du bitte meine Mutter in Ruhe lassen?«

Wolfgangs Stimme klang tiefer, als Georg sie in Erinnerung hatte. Er sprach mit einem leichten amerikanischen Akzent, ein Singsang in der Satzmelodie.

»Ich kümmere mich um sie«, sagte Georg. Er fühlte sich sofort unterlegen.

»Du setzt ihr Flausen in den Kopf, von wegen, sie könne weiterhin allein in der großen Wohnung leben. That's bullshit.«

»Wenn du sie mal besuchen würdest, könntest du sehen, dass es ihr gut geht.«

Georg sprach durch die Zähne, mit Druck, er musste ruhig bleiben, durfte nicht die Nerven verlieren, sagte er sich. Er wollte aus der Tonne steigen, rutschte auf einem Karton aus und konnte gerade noch sein Handy festhalten.

»Da ist so ein Knacken in der Leitung, ich kann dich schlecht verstehen«, sagte Wolfgang.

Georg setzte sich wieder auf das Papier und nahm all seinen Mut zusammen, jetzt war der Moment, es zu sagen.

»Ich weiß, dass du pleite bist, Wolfgang.«

Stille.

»Es stimmt nicht, was du da gelesen hast. Sie wollen immer irgendjemanden fertigmachen, am liebsten reiche Männer. Ich bin mitten in einem Umschichtungsprozess.«

»Warum soll deine Mutter nach New York kommen? Was willst du von ihr?«

»Das geht dich nichts an. Misch dich nicht in unsere Angelegenheiten ein.«

Die amerikanische Melodie in seiner Sprache nahm den Gemeinheiten die Spitze, und doch trafen sie Georg tief. Dann kam, was er befürchtet hatte. Der letzte Satz, mit dem Wolfgang vor Jahrzehnten aus seinem Leben verschwunden war.

»Du bist nicht ihr Sohn.«

Nicht.

Ihr.

Sohn.

Georg hatte nichts zu melden in dieser Familie, die nicht seine war, aber doch die einzige, die er hatte.

»Du hast dich in den letzten Jahrzehnten nicht um sie gekümmert«, sagte Georg. »Aber ich.«

»Ich kann sie seit gestern nicht erreichen. Kannst du mir sagen, was los ist?« Nach einer Pause: »Du kümmerst dich doch um sie.«

Georg drehte sich um, sah, dass Frau Meyer ihn immer noch beobachtete, sah Frau Lemkes Küchenfenster, die offen stehenden oberen Fenster, den verrutschten Vorhang. Und dann rechnete er nach, wann er sie zum letzten Mal gesprochen hatte. Erst brachte er die Tage durcheinander, dann fiel ihm ein, dass es gestern Morgen gewesen sein musste. Am Nachmittag hatte sie das Telefon nicht abgenommen, als er sie fragen wollte, ob er ihr etwas vom Einkaufen mitbringen sollte. Er dachte, sie würde schlafen. Etwas schrie in ihm.

Georg sprang aus dem Container und rannte die Treppe hinauf.

Er klingelte und horchte abwechselnd an der Tür, ob er Frau Lemke den Flur heruntergehen hörte.

Nichts.

Es war seine Schuld. Wieder war er nicht da gewesen, als er gebraucht wurde. Er hätte nach ihr schauen müssen, als er sie gestern nicht erreicht hatte.

Frau Meyer kam aus der Tür.

»Ist etwas passiert?«

»Frau Meyer, würden Sie sich bitte einfach um Ihre Angelegenheiten kümmern? Verdammt noch mal!«

Sie schüttelte den Kopf, ging zurück in ihre Wohnung. Erschien noch einmal an der Tür.

»Ich habe gestern einen dumpfen Knall gehört. Und dann nichts mehr.« Ihre Augenbrauen bewegten sich nicht.

Er wählte Frau Lemkes Nummer. Sie hatten ausgemacht, dass sie das Handy immer bei sich tragen sollte. Aber sie vergaß es ständig, und er hatte sie nicht streng genug ermahnt. Die Mailbox sprang an. »Hier ist Frau Lemke. Wie Sie hören, bin ich nicht zu erreichen.«

Er brauchte den Ersatzschlüssel, rannte hoch in seine Wohnung, schaute im Flur an Linda vorbei, weil sie wieder recht hatte mit ihrem Vorwurf, er würde keine Verantwortung übernehmen. Er spürte sein Herz im Hals klopfen, als er wieder vor Frau Lemkes Tür stand. Noch einmal versuchte er es, klingelte an der Tür, klopfte, rief sie an.

Nichts.

Seine Hand zitterte, als er den Schlüssel zum Schloss führte, er musste sie mit der anderen stabilisieren. Seine Vorstellung spielte Pingpong. Auf der einen Seite die Angst, dass das Schlimmste eingetroffen war, was er sich nur ausmalen konnte. Auf der anderen Seite die Erleichterung, alles eine Verwechslung, ein Missverständnis. Frau Lemke hatte die Zeit vergessen, verschlafen.

Stille, als er die Tür öffnete und einen Herzschlag lang wartete, bevor er die Wohnung betrat. Eine Fliege surrte an seinem Ohr, sie machte einen Bogen und flog dicht an seinen Augen vorbei. Er schlug nach ihr.

»Frau Lemke?«, fragte er leise, dann lauter: »Frau Lemke?«

Im Flur brannte das kleine Licht auf der Kommode, alle Türen standen offen, Kartons im Flur. Manche geschlossen und beschriftet, manche geöffnet. Er rannte in die Küche. Seine Schuld. Wieder.

Ruthchen schlief auf dem Sofa.

Vor ihr auf dem Boden, neben der umgestürzten Leiter, lag Frau Lemke, in ihrer elfenbeinfarbenen Bluse. Die Augen geschlossen, ihre Beine verdreht. Sein Reflex sagte ihm, wegrennen, sich verstecken. Sein Verstand sagte ihm, nachdenken, bei ihr bleiben, helfen. Er beugte sich zu ihr hinunter, legte seine Hand auf ihren Bauch, sein Ohr an ihren Mund. Sie atmete. Sie war warm.

»Frau Lemke, bitte.«

Er verscheuchte die Fliege, die sich auf Frau Lemkes Wange niedergelassen hatte.

»Es gibt hier nichts für dich zu holen, verschwinde!«, schrie er.

Er rief einen Krankenwagen.

Frau Lemke hielt die Augen geschlossen, wurde unruhig, wollte ihm etwas sagen, so schien ihm.

»Schschsch. Hilfe ist unterwegs. Alles wird gut.«

Er befeuchtete ein Geschirrhandtuch, betupfte ihre trockenen Lippen.

»Es tut mir so leid.«

Er hielt ihre Hand, weinte. Sekunden dehnten sich zu Stunden. Auf dem Tisch stand das Frühstücksgeschirr, eine Tasse, ein Teller, die Butter ranzig und gelb angelaufen.

Er sagte ihr, dass sie ihn nicht allein lassen dürfe. Dass er sie gewarnt habe, auf die Leiter zu steigen. Dass es ihm leidtue, dass er nicht reagiert habe, als er sie nicht erreicht hatte gestern Nachmittag. Wo sie doch ausgemacht hatten, dass er sofort nach ihr schaue, wenn sie sich nicht melde. So war ihr Deal. Wegen ihm habe sie die ganze Nacht so daliegen müssen, verdreht, bei Bewusstsein oder nicht.

Er hatte das Gefühl, sie hörte ihm zu, dass sie ihn verstand, dass er sie hierbehielt, zurückhielt.

Als es an der Tür klingelte, sagte er ihr, dass er sie kurz loslassen müsse, um den Ärzten zu öffnen, dass sie genauso bleiben und auf ihn warten solle.

Die Rettungsärzte stürmten herein, brachten eine routinierte Panik in die Küche, legten Zugänge in Frau Lemkes adrige Arme, hielten Beutel mit Flüssigkeiten in die Höhe. Bald hing Frau Lemke an mehreren Schläuchen, eine Atemmaske saß auf ihrem Gesicht. Sie hoben Frau Lemke auf eine Trage und schnallten sie fest.

Die Fliege surrte an Georgs Ohr. Sie landete auf Ruthchens Schnauze, strich sich mit den Hinterbeinen über die Flügel.

»Kann ich mitkommen ins Krankenhaus?«, fragte Georg.

»Dann können wir den Papierkram im Wagen machen«, sagte der Notarzt.

Frau Lemke wurde über den Flur geschoben, die Rollen der Trage ratterten auf den Dielen. Bam, bam, bam. Georg holte Ruthchens Decke aus dem Schlafzimmer, wickelte die Katze ein, steckte sie in eine von Frau Lemkes Einkaufstaschen. Die Fliege zog an ihm vorbei, er schlug nach ihr, sie drehte einen weiten Kreis unter der Küchendecke. Georg bewegte sich nicht, nur seine Augen folgten der Fliege, die schließlich mitten auf dem Sofa landete, dort, wo Ruthchen sonst schlief. Er holte aus und hatte sie auf einmal in der Hand, spürte ihre Flügel gegen seine Haut stoßen, die surrende Todesangst in seiner Faust. Er hatte noch nie eine Fliege gefangen. Er drückte die Hand fest zusammen, so fest, bis das Surren verstummte, das Gewusel aufhörte, bis es feucht wurde auf seiner Handinnenfläche.

Er hatte den Tod besiegt.

In der Spüle wusch er die Fliege ab, sah sie im Abfluss verschwinden, schrubbte den Fliegenkörpermatsch von seiner Hand, rannte hinaus aus der Wohnung, in der sich alles verändert hatte in den letzten Wochen, die nie mehr das sein würde, was sie für ihn gewesen war.

Er sprang mit Ruthchen in der Einkaufstasche in den Krankenwagen.

Grelles Licht im Wageninneren, draußen heulte das Martinshorn. Er spürte, dass sie durch die Stadt rasten, es holperte, manchmal stoppten sie, dann erklang die Sirene noch eindringlicher, bis sie wieder Fahrt aufnahmen. Seine Hand auf Ruthchen, die in der Einkaufstasche auf seinem Schoß lag. Seine Augen auf Frau Lemke gerichtet, die unter der Beatmungsmaske und zwischen Schläuchen verschwunden war. Wie gut, dass sie sich nicht sehen konnte, jetzt in dieser Lage, dachte Georg und fragte sich, ob sie von alldem etwas mitbekam. Ein Monitor piepte regelmäßig, aber, wie Georg wahrnahm, mit großen Abständen. Ihm gegenüber saß der Notarzt, er kontrollierte mit einem Blick die Geräte und füllte ein Formular aus.

»Wird sie überleben?«, fragte Georg.

»Ihre Mutter?«

Georg nickte.

»Sie hat Verletzungen vom Sturz, ich schätze, die Hüfte ist gebrochen, ein Hämatom am Kopf. Wir müssen prüfen, ob die Bewusstlosigkeit vom Sturz kommt oder von einem Schlaganfall. Ob sie innere Blutungen hat, vor allem am Kopf.«

Georg fiel in sich zusammen. Schlaganfall, dachte er, das war etwas für alte Leute, aber doch nicht für Frau Lemke. Was, wenn vor ihm nur noch eine Hülle lag, wenn Frau Lemke gegangen war, allein auf ihrem Küchenboden.

Der Arzt stellte ihm Fragen. Wann genau er Frau Lemke aufgefunden, wie lange sie dort gelegen habe. Ob es Vorerkrankungen gebe. Ob sich jemand regelmäßig um sie kümmere. All die Fragen bestärkten Georgs Gefühl der Schuld, und er spürte die Notwendigkeit, sich zu verteidigen. Erzählte, dass er regelmäßig nach ihr schaue, oft mehrmals am Tag, auch für sie einkaufe. Als er merkte, dass der Arzt nicht darauf reagierte, ließ er es.

Georg bemerkte, dass Frau Lemke die Finger bewegte, ein Kratzen an der Liege. Er stellte Ruthchen auf den Boden, schnallte sich ab, denn er wollte bei Frau Lemke sein, ihre Hand halten und ihr zeigen, dass sie nicht allein war.

»Bleiben Sie sitzen«, rief der Arzt.

Georg schnallte sich wieder an, nahm Ruthchen auf den Schoß. Frau Lemke hatte Angst unter ihrer Maske, er sah es ihr an. Sie wusste nicht, wo sie war.

»Machen Sie sich keine Sorgen, Frau Lemke. Ich bin bei Ihnen«, sagte Georg.

Er beugte sich vor und legte seine Hand auf ihren Fußknöchel. Wieder steckten sie im Verkehr fest, die Sirene tönte unerträglich laut, der Wagen schwenkte nach links, dann rechts, dann ging es weiter. Es fühlte sich an wie bei einer Fahrt mit einem dieser verrückten Geräte auf dem Jahrmarkt.

»Sie siezen Ihre Mutter?«

Ihm fiel nichts ein, was er darauf antworten sollte.

»Wie auch immer«, sagte der Arzt und reichte ihm das

Klemmbrett mit dem Formular, das er ausgefüllt hatte. »Können Sie das bitte unterschreiben?«

Georg unterschrieb in der Zeile, vor der ein Kreuz gezeichnet war. Damit war er offiziell Frau Lemkes Sohn.

Als sie am Krankenhaus ankamen, wurden die Hecktüren aufgerissen, Frau Lemke herausgezogen. Der Arzt übermittelte im Gehen alle wichtigen Informationen, Georg lief auf der anderen Seite, wollte einen Blick von Frau Lemke erhaschen, nur ein Zeichen, dass alles gut würde, aber sie hielt die Augen geschlossen.

Georg durfte nicht mit in die Behandlungsräume, auch nicht auf seinen Protest, dass er der Sohn sei. Er musste Anmeldungen ausfüllen und unterzeichnen, ein weiteres Formular. Dann wurde er in den Warteraum geschickt. Ruthchen in der Einkaufstasche immer bei ihm.

Vorn in seinem Blaumann vibrierte sein Handy. Wolfgang hatte siebenmal angerufen.

Das Neonlicht verblendete die Übergänge von Tag und Nacht. Er konnte nicht sagen, wie lange er schon auf dem Plastikstuhl saß. Sein unterer Rücken schmerzte. Am Ende des Korridors gab es ein Fenster, einen Blick in die Außenwelt, deren Zeitmessung hier nicht zählte, in diesem Kosmos aus spiegelglatt geputzten Böden und Reihen von Türen, hinter denen Schwestern und Ärzte nach einer eigenen Choreographie verschwanden und wieder erschienen. Und immer wurden diese Türen geschlossen, standen niemals offen, denn hinter jeder verbarg sich ein anderes Schicksal.

Georg wusste nicht, hinter welcher Tür Frau Lemke lag. Ihm wurde gesagt, Station 4, Wartezimmer, dann Station 3, die Innere, Wartezimmer. Irgendwann hatte er sich auf den Flur gesetzt, nachdem das Sirren einer defekten Neonlampe, das immer wiederkehrende Schütteln des Getränkeautomaten und die Tristesse des Gummibaumes an seinen Nerven gezerrt hatten. Auf dem Flur fühlte er sich nicht ganz so abgeschoben, und bisher hatte ihn niemand verscheucht. Er streichelte Ruthchen in der Tasche auf seinem Schoß, versuchte, einen Blick von den vorbeilaufenden Schwestern zu erhaschen, sah in ihren Gesichtern aber nur die immer gleiche Abschottung. Fragen und Bitten waren nicht erwünscht. Manchmal lächelte eine Schwester zurück, aber sobald er ansetzte zu sprechen, verschwand sie schnell hinter einer Tür.

Schon einmal hatte er unter flackerndem Neonlicht in dieser Welt gewartet, in der es keine Zeit gab, nur das Öffnen und Schließen der Türen. Damals hatte Linda in einem der Zimmer gelegen. In jener Nacht, in der sich ihr Kind auf den Weg gemacht hatte. Zu früh, um zu leben. Erst gegen Morgen hatte er gesehen, dass Linda ihn angerufen hatte, mehrmals, dann nicht mehr, nur die Nachricht: *Wehen*. Und er war bei einer anderen Frau gewesen.

Als er schließlich ins Krankenhaus gekommen war, war es zu spät gewesen, dem kleinen Mädchen zu sagen, es solle warten. Er war gekommen, als es die Reise beendet hatte, und hatte nicht zu Linda gedurft, weil sie ihn nicht sehen wollte. Weil sie gewusst hatte, wo er die Nacht verbracht hatte.

In den zwanzig Jahren ihrer Beziehung hatte er Affären gehabt, immer wieder. Er hatte nie nach anderen Frauen gesucht, sie waren ihm passiert. Er liebte es, einen fremden Körper zu erkunden, durch andere, unvoreingenommene Augen gesehen zu werden. Alles fühlte sich lebendig an, ein ständiges Prickeln. Bis zu dem Punkt, an dem sich Gewohnheit einschlich, Forderungen gestellt wurden. Dann kehrte er zurück zu Linda, zu seiner Frau, der einzigen. Es dauerte lange, bis sie ihm verzieh. Aber sie schafften es. Danach fühlten sie sich jedes Mal noch stärker verbunden.

Nur nachdem sie ihr Mädchen verloren hatten, gab es keine Vergebung. Als Linda aus dem Krankenhaus entlassen wurde, holte er sie ab. Sie sprach nicht mit ihm, verkroch sich in ihrem Zimmer. Die Stille in der Wohnung eine einzige Anklage. Er kochte Hühnersuppe, die früher seine Mutter für ihn gemacht hatte, aber nur wenn er sehr krank gewesen war, ging mit einem Tablett in Lindas Zimmer, setzte sich auf einen Stuhl neben das Bett. Ihr Atmen hob und senkte die Decke.

»Du musst etwas essen«, sagte er.

»Geh weg.«

Er blieb, mit dem Tablett und der Hühnersuppe, er blieb, als könne er die Schuld absitzen. Irgendwann schlug Linda die obere Ecke der Decke zurück und lugte heraus. Blass, mit verweinten Augen. Sie setzte sich auf, er stopfte eine Serviette in ihren Pullikragen und fütterte sie mit der kalten Suppe. Linda öffnete und schloss den Mund. Tränen liefen über ihre Wangen.

Auch als es ihr körperlich besser ging, blieb das Schweigen. War er in der Küche, verließ sie den Raum oder überschritt die Schwelle erst gar nicht. Ihre Blicke kreuzten sich kein einziges Mal, Linda schaute zu Boden oder zur Seite.

»Verzeih mir«, sagte er.

Sie schwieg.

Eines Tages stand sie an der Tür, farblos, mit ihrer Reistasche.

»Ich gehe«, sagte sie.

»Ich brauche eine Pause«, verstand er.

Ja, hatte er gedacht, ich kann dir eine Pause geben, das ist das Mindeste, was ich für dich tun kann.

Jetzt hatte er begriffen, dass es keine Pause war.

Georg lief vor seinem Stuhl auf und ab. Nur ein kleiner Hinweis von einer der Schwestern, dass es Frau Lemke gut ging. Jedes Mal, wenn eine in seine Richtung lief, richtete er sich auf. Vielleicht, so dachte er, waren die Flure im Krankenhaus so hell, damit Leben und Tod keine Spielchen trieben, sich nicht unbemerkt hinein- oder herausschlichen.

Ein Arzt näherte sich ihm, mit wehendem weißen Kittel.

»Herr Lemke?«, fragte er.

»Neumann.«

»Ihrer Mutter geht es gut, den Umständen entsprechend. Kein Schlaganfall, wie wir befürchtet hatten. Sie war stark dehydriert, eine leichte Gehirnerschütterung, eine gebrochene Hüfte, die wir ersetzen wollen. Dafür brauchen wir Ihre Unterschrift. Sie hat Glück gehabt. Mit 84 Jahren dauert die Heilung etwas länger, aber sie ist sehr fit für ihr Alter.«

Der Tod hatte nicht gewonnen, dieses Mal nicht.

»Kann ich sie sehen?«

»Wir bringen sie gleich auf Station, aber sie schläft. Wir haben ihr ein Beruhigungsmittel gegeben. Sie hat nach Ihnen gefragt.«

Georg wusste nicht, ob sie wirklich nach ihm oder nach Wolfgang gefragt hatte. Oder einfach nach ihrem Sohn. Und wen sie damit gemeint hatte.

»Danke«, sagte Georg.

Er spürte, wie er lächelte, es passierte einfach. Er hätte den Arzt gern umarmt. Wie fühlte sich jemand, der Leben rettete, fragte er sich.

»Sie wird wieder gesund«, flüsterte er Ruthchen in der Tasche zu.

Er schrieb Wolfgang eine Nachricht: *Deine Mutter ist gestürzt. Sie hat Glück gehabt, gebrochene Hüfte und Gehirnerschütterung. Sie kann erst mal nicht fliegen.*

Gerade noch war er dem Tod so nahe, und jetzt fühlte er sich so glücklich. Seine Vorahnung, dass etwas passieren, dass Frau Lemke bei ihm bleiben würde, war richtig gewesen. Er hätte allerdings nicht gedacht, dass es ein Unfall sein würde.

Sein Handy klingelte.

»Hallo«, flüsterte Georg und bewegte sich in Richtung Treppenhaus, um in Ruhe telefonieren zu können.

Wolfgang übersprang alle Höflichkeitsfloskeln.

»Das ist genau das, was ich vermeiden wollte. Sie hat einen Unfall, und kein Mensch ist da, um ihr zu helfen.«

»Ihr geht es gut, ich kümmere mich um sie«, sagte Georg. Seine Stimme hallte im Treppenhaus.

»Zum Glück hat das ein Ende. Es ist zu gefährlich, dass sie in ihrem Alter allein in der großen Wohnung lebt.«

Kein Wort glaubte er ihm. Georg nahm ihm die plötzliche Fürsorge nicht ab. Seiner Meinung nach ging es Wolfgang nur darum, dass niemand außer ihm Zugang zu den Finanzen seiner Mutter hatte.

Schon als junger Mann hatte Wolfgang einen Hang zum Luxus gehabt, seine Mutter im Anzug besucht, sein dickes Auto vor der Haustür geparkt. Und an die Spannung erinnerte Georg sich, die in der Wohnung lag, sobald Wolfgang sie betreten hatte. Der Vater, den Georg nur in seinem Ohrensessel im Wohnzimmer sitzend kannte, versank noch tiefer hinter seiner Zeitung, während Frau Lemke aufgeregt hin- und her lief, darum bemüht, ihrem Sohn alles recht zu machen. Es endete dann mit einem Streit, mit Schreien und mit Frau Lemkes Tränen. Georg hatte immer versucht, sich rechtzeitig aus dem Staub zu machen, wenn Wolfgang sich ankündigte, und war froh gewesen, als er nach New York gezogen war und die Besuche seltener wurden.

»Ich kann dich nicht hören«, sagte Georg. »Die Verbindung ist zu schlecht ... Hallo? ... Hörst du mich?«

Georg legte auf.

Er hatte nie aus Frau Lemke herausbekommen, ob Wolfgang schon als Kind so gewesen war oder ob es einen Auslöser für sein Verhalten gegeben hatte.

Auf dem Weg zurück zu seinem Stuhl begegnete er Frau Lemke, die in ihrem Krankenbett über den Flur geschoben wurde. Zunächst erkannte er sie nicht, nahm nur eine alte Frau wahr. Erst auf den zweiten Blick wurde ihm klar, dass diese kleine Person, die mit geschlossenen Augen dalag, Frau Lemke war. Er folgte ihr über den Flur, wartete in einer Ecke des Zimmers, bis Monitore, Infusionsständer und Bett installiert waren. Die Maschinen hatten Frau Lemkes Persönlichkeit übernommen, er musste sie wiederfinden, irgendwo zwischen Schläuchen und grün ausschlagenden Kurven. Als alle den Raum verlassen hatten, hörte er nur noch das Piepen der Geräte. Sie sollte bald aufwachen, hatte der Arzt gesagt. Georg setzte sich neben Frau Lemke, packte Ruthchen aus und legte sie unter ihre Hand. Jetzt waren sie alle drei beisammen, er war der Einzige, der bei Sinnen war, dachte er, aber so ganz sicher war er sich da auch nicht.

Er beobachtete ihr eingefallenes Gesicht, ihre Atmung, verglich sie mit dem Sound und den Wellen des Monitors. Später fielen ihm manchmal die Augen zu, und die Zeit zwischen Wachen und Schlafen verschwamm, es war alles ein Traum, ein Albtraum, in dem Frau Lemke weggefahren wurde, in dem nur grüne Wellen auf dem Monitor zurückblieben.

Frau Lemkes Hand bewegte sich, wie er es schon im Krankenwagen gesehen hatte, jetzt griff sie in Ruthchens Fell und lächelte.

»Sind Sie wach?«, fragte Georg.

»Hmmm.«

»Ich habe gehört, dass Sie gute Medikamente bekommen haben.«

»Ich kann die Augen nicht öffnen.«

Ihre Stimme klang leise und kratzig, aber wie Frau Lemke.

Er rückte an sie heran.

»Was ist passiert, erinnern Sie sich?«

»Die Leiter. Mir wurde schwindelig.«

»Es tut mir so leid. Ich hätte früher kommen sollen, als ich Sie nicht erreicht habe.«

Frau Lemke drehte den Kopf. »Du hattest recht, Georg.«

Sie lächelte, ihre Stimme wurde leiser, er hielt sein Ohr näher an ihren Mund.

»Die Leiter«, sagte sie und schlief wieder ein.

Georg streichelte ihre Hand, die auf Ruthchen ruhte. Ein paar grüne Lichter der Monitore in der Nacht und das Gefühl, diese eine Schuld nicht tragen zu müssen.

Und auch die andere Schuld musste er abwerfen. Denn, so wurde ihm klar, das Leben ging ohne Linda weiter, auch wenn er sich lange dagegen gewehrt hatte.

Eine Krankenschwester betrat das Zimmer, überprüfte die Werte, nahm Blut ab, erblickte Ruthchen.

»Das Tier kann hier nicht bleiben.«

»Es lebt nicht mehr«, sagte Georg.

»Umso schlimmer, nehmen Sie es bitte weg, es gibt hier Vorschriften«, sagte sie.

Er packte Ruthchen in die Einkaufstasche.

»Die Besuchszeit ist lange zu Ende. Kommen Sie morgen wieder. Ihre Mutter muss sich erholen.«

Das Erste, was er sah, als er nach Hause kam, war Linda. Linda an den Wänden. Ihre Jacke an der Garderobe. Er fühlte sich von ihr beobachtet, als er sich, immer noch im Blaumann, die Schuhe im Flur abstreifte. Sie erschien ihm wie ein Eindringling. Er stellte die Tasche mit Ruthchen ab, er würde sie morgen zurück auf ihr Sofa bringen. Jetzt war er nicht in der Lage, Frau Lemkes Wohnung zu betreten, die Erinnerungen an das Unglück waren zu frisch.

Linda hatte ihm nicht geantwortet. Er ertrug ihre Sachen um ihn herum nicht mehr. Sein Kopf war klar, auch wenn er erschöpft war. Er holte einen der Müllsäcke, in denen er sonst Gartenabfälle sammelte, und begann im Badezimmer. Er ging die Schubladen durch. Ihre Schminke, die Binden, Tampons, Wattepads, Cremes, Zahnbürste, alles landete im Müllsack. In einen zweiten steckte er alles, was sie vielleicht zurückhaben wollte. Ihren Bademantel, der neben seinem hing, ihre Ketten an der Wasseruhr, das Stirnband, das ihre Haare beim Waschen aus dem Gesicht gehalten hatte. Es ging ganz schnell, dafür, dass er es so lange nicht über sich gebracht hatte. Das Badezimmer sah leer aus ohne Lindas Sachen, aber nicht einsam leer, wie er befürchtet hatte. Eher befreiend. Danach nahm er sich das Schlafzimmer vor, räumte ihre Kleider aus dem Schrank, die Bettwäsche, die sie ausgesucht hatte. Der Geruch erschien ihm fremd, es war nicht mehr dieses Abtauchen in seine Erinnerungen, sondern vielmehr ein Eindringen in die Intimsphäre eines anderen. Er stopfte alle Kleidung in Säcke, ließ die Schranktür offen zum Auslüften. Alles, was Linda zurückhaben wollen könnte, brachte er in das Babyzimmer am anderen Ende der Wohnung.

Sie hatten es hellblau gestrichen für das erste Kind, es hellblau gelassen für das zweite, das Mädchen. Eine Wiege stand darin, ein Wickeltisch, in Kartons die Erstausstattung. Das Wolken-Mobile tanzte im Luftzug der geöffneten Tür.

Linda und er hatten den Raum nur noch betreten, um etwas abzustellen oder schnell herauszuholen. Koffer zum Beispiel. Keiner von beiden hatte den Mut gehabt, das Zimmer, in das sie so viel Hoffnung gepackt hatten, leer zu räumen. Er stellte die Müllsäcke mit Lindas Sachen ab und verließ das Zimmer, ohne sich umzuschauen.

Als Nächstes räumte er die Garderobe aus, ihre Wintermäntel, ihre Schuhe, ihre Lederjacke. Er spürte Wut in sich aufsteigen, darüber, dass sie einfach gegangen war und alles zurückgelassen hatte. Es blieb an ihm hängen, ihr Leben aufzuräumen. Er durchsuchte das Bücherregal, die CDs, betrachtete die Balkonpflanzen, die den Winter überlebt hatten. Er brachte es nicht übers Herz, den Baum, den sie großgezogen hatte, auszusortieren. Georg adoptierte ihn in seinem neuen Leben, er hatte ihn oft genug gegossen, seit sie weg war. Die Wohnung leerte sich, das Babyzimmer füllte sich.

In der Küche überlegte er, welche Teller von ihr waren, welche Tassen er behalten wollte. Vor dem Kühlschrank machte er halt, betrachtete die Magnetworte. Es interessierte ihn nicht mehr. Er nahm sie ab, jetzt endgültig, warf sie zu dem Weihnachtsschmuck, den Linda auf Flohmärkten gesammelt hatte. Er machte sich nichts aus Weihnachten, war ehrlich gesagt froh, als nach Lindas Abreise kein Zeichen mehr davon in seiner Wohnung zu finden gewesen war. Ein paar Tannenzweige in Frau Lemkes Wohnung, und sie hatten etwas Gutes gegessen, mehr brauchte er nicht. Er packte auch die Schale mit den Ringen dazu.

Langsam wurde es hell, in den Häusern auf der anderen Straßenseite gingen erste Lichter an. Georg kontrollierte die Wohnung. Keine Spur von Linda, bis auf die Gemälde im Flur. Als er sie abhängte, drehte er den Kopf weg, um sie nicht anschauen zu müssen, und stellte sie mit dem Gesicht zur Wand in das Babyzimmer. Der Flur erschien ihm nun größer, nur noch die dunklen Ränder an den Wänden bezeugten, dass dort einmal Bilder gehangen hatten. Linda hatte ein Ende, und damit die Beziehung, in der er so viel Rücksicht genommen hatte. Rücksicht auf ihre Arbeit, ihre Kunst, ihre depressiven Phasen, ihren unerfüllten Kinderwunsch. Mit den Jahren hatte er verlernt zu unterscheiden, was ihre und was seine Wünsche waren.

Er machte Fotos von ihren Sachen und schickte sie ihr, mit der Frage, was sie behalten wolle und wohin er den Rest bringen solle. Er brauche Platz in der Wohnung.

Das war die halbe Wahrheit. Die ganze Wahrheit

war, dass er Platz in seinem Herzen, in seinem Leben brauchte. Und er schrieb, dass er sich wünschte, dass sie ihm verzeihe. Weil er sich ändere und mittendrin sei in dem Prozess, ein verantwortungsvoller Mensch zu werden. Das Letzte löschte er wieder. Es gab keine Vergebung dafür, dass er die Nacht, in der Linda ihr gemeinsames Kind verloren hatte, mit einer anderen Frau verbracht hatte.

Dann nahm er seine Notfallzigarette aus dem Versteck im Küchenschrank und rauchte sie auf dem Balkon. Es war warm geworden, die Morgensonne schien ihm ins Gesicht. Der Rauch kratzte in seinem Hals. Er schaute hinab auf die Baumkrone, die bis an sein Fenster reichte. Das ist genau, was die Knospen brauchen, um zu erblühen. Zum ersten Mal seit Langem hatte er das Gefühl, dass es sein Leben war, dass er sich nur darauf konzentrieren musste, was er wollte. Was er von Caro wollte, die so unabhängig war, mit beiden Beinen im Leben stand und nicht ihn für ihr Glück verantwortlich machte.

Als er aufwachte, war Sommer. Der lang ersehnte Frühling fiel aus, die Temperaturen stiegen gleich auf über dreißig Grad. Er schlüpfte in seinen Blaumann, weil er in Frau Lemkes Wohnung die Spuren des Unfalls beseitigen und aufräumen wollte. Jetzt, wo sie erst einmal blieb, nicht nach New York zog, mussten sie nicht weiter aussortieren. Doch als er in ihrer Küche stand, mit Ruthchen auf dem Arm die umgekippte Leiter sah, die Plastikverpackungen der Spritzen auf dem Boden, war er nicht in der Lage, in der vertrauten Umgebung, die ihm jetzt fremd erschien, aufzuräumen. Er setzte sich mit der Katze auf das Sofa, erspürte die Stille, die Abwesenheit Frau Lemkes. Der Schock: Was, wenn Frau Lemke gestorben wäre, dort auf dem Boden, neben der Leiter, drei Stockwerke unter ihm.

Er wollte Caro sehen. Schon seit Tagen. Ihr alles erzählen, was passiert war, dass es jetzt Platz gab in seiner Wohnung. Ich melde mich, hatte sie gesagt, und seitdem kein Zeichen von ihr. Er hielt es nicht aus in Frau Lemkes Wohnung, ließ Ruthchen auf ihrem Platz schlafen, er musste zu Caro. Sie war nicht in der Werkstatt. Schwitzend klingelte er bei ihrer Wohnung, die darüberlag. Ohne Gegenfrage summte es, und er rannte die Treppe hinauf. Caro kam ihm entgegen, ebenfalls in einem Blaumann. Als hätten sie sich abgesprochen.

»Was ist los?«, rief sie.

»Was?«

»Anton ist gestorben, ich muss ihn abholen.«

Er folgte ihr die Treppe hinab.

»Mein Vater hat einen Hexenschuss, er ist gerade beim Arzt, und Bela schreibt heute Deutschabi.«

Es war an der Zeit, nicht davonzurennen, sich zu stellen.

»Ich komme mit«, sagte er und fühlte sich in diesem Augenblick stark und entschlossen.

»Georg, du kannst doch keine toten Tiere sehen.«

»Ich komme mit.«

Sie blieben stehen, Caro blickte ihn fragend an.

»Sicher?«

»Schau uns an«, er deutete auf ihre Blaumänner, »wir sind ein gutes Team. Lass mich für heute dein Assistent sein.«

»Na, dann los«, sagte sie und öffnete ihm die Beifahrertür. Es war heiß in dem Kastenwagen, sie kurbelten die Fenster herunter. Caro war noch blasser als sonst, sie erschien ihm auch dünner. Unmöglich abzulesen, was sie dachte oder fühlte hinter ihrer großen, runden Sonnenbrille. Er schwitzte, krempelte die Ärmel hoch, sein Körper war noch nicht auf die warmen Temperaturen eingestellt. Es war gefühlt Sommer, doch die Bäume und Sträucher am Straßenrand waren noch kahl. Der Verkehr lief zäh, an einer Baustelle, die verlassen schien, staute es sich.

Caro biss auf ihre Unterlippe.

»Willst du mir erzählen, was passiert ist?«, fragte sie.

Er schaute geradeaus, weil er befürchtete, dass er es nicht sagen konnte, wenn er Caro dabei ansah. Er sprach zu der Windschutzscheibe.

»Frau Lemke ist von der Leiter gestürzt und liegt im Krankenhaus, aber es geht ihr gut. Und ich habe Lindas Sachen weggeräumt.«

Georg wunderte sich, wie sich die Dramatik des letzten Tages in zwei Sätzen zusammenfassen ließ.

»Oh nein«, sagte Caro.

»Frau Lemke lag die ganze Nacht auf dem Küchenboden. Ich hatte sie am Tag davor nicht erreicht, aber mir nichts dabei gedacht.«

Er knetete seine Hände, die rau und spröde waren von der Arbeit in den letzten Wochen.

»Du machst dir Vorwürfe.« Caro drehte ihren Kopf zu ihm, aber er sah ihre Augen nicht.

Überall auf den Straßen, in den Cafés und vor den Häusern saßen Menschen und hielten ihre Gesichter in die Sonne. Die ersten warmen Tage in der Stadt waren immer besondere. Wenn die Menschen aus ihren Häusern krochen nach einem langen Winter, hungrig nach Licht und Leben. Er hatte sich vorgestellt, diese ersten Tage mit Linda zu verbringen, weil er überzeugt gewesen war, dass sie spätestens zum Frühjahr zurückkehren würde. Jetzt saß er mit Caro in einem Transporter, um einen toten Löwen abzuholen. Die Fahrt ging weiter, sie passierten die Baustelle.

Caro hielt am Lieferanteneingang des Zoos, gleich neben dem Haupteingang, vor dem sich eine Schlange gebildet hatte. Sie erklärte dem Wachmann, dass sie den

Löwen abholten, Anton, der gestorben sei. Per Funkgerät hielt er Rücksprache mit der Raubtierabteilung.

»Er kennt mich doch«, flüsterte Caro.

Erst in diesem Moment, als der Wachmann nickte und das Tor sich öffnete, wurde Georg bewusst, worauf er sich eingelassen hatte. Als sie im Schritttempo an den Gehegen vorbeifuhren, spürte er erst ein Ziehen im Magen, dann breitete sich Übelkeit aus. Er musste gleich einen toten Löwen ansehen und höchstwahrscheinlich auch anfassen.

»Ich habe ihn noch nie berührt«, sagte Caro.

Ihre Stimme klang aufgeregt, und trotz seiner Übelkeit war er glücklich, bei diesem Ereignis dabei sein zu dürfen, an das Caro sich immer erinnern würde. Sie hielten vor dem Hintereingang des Löwengeheges. Der Tod tritt nicht durch die Publikumsseite ein, dachte Georg, der Tod ist diskret und stört den Zoobesucher nicht.

Ein Tierpfleger öffnete ihnen die Tür. Er war noch größer als Caro. Seine langen Haare, die bis zur Mitte des Rückens gingen, trug er als Zopf. Sobald sie das Gebäude betreten hatten, roch Georg diese Mischung aus Urin, Heu und Kot, wie sein Meerschweinchenstall damals, nur viel intensiver. Er erinnerte sich, wie ungern er den Käfig gesäubert hatte und wie viel unangenehmer es für ihn gewesen war, den Geruch des nicht gereinigten Käfigs in seinem Zimmer zu ertragen. Timo war sein einziges Haustier gewesen.

»Es tut mir leid«, sagte Caro.

Der Tierpfleger drehte sich halb weg, winkte ab. Caro legte ihm eine Hand auf die Schulter.

»Ist schon okay«, sagte der Pfleger. »Ich dachte nur nicht, dass es so schnell geht.«

Sie folgten ihm durch die hinteren Räume, die karg und funktional wirkten mit grauen Betonwänden und -böden, mit Metalltischen und Wasserschläuchen. Anton lag mitten in einem Käfig, es sah aus, als schliefe er. Er war wahnsinnig groß. Georg blieb stehen, Caro näherte sich dem Löwen wie ein Kind, das an Weihnachten ins Wohnzimmer gelassen wurde und die Geschenke begutachtete. Sie kniete sich nieder und streichelte die Mähne, betastete seinen Körper, sprach leise mit ihm. Georg zog sich in eine Ecke zurück, hier fühlte er sich am sichersten, beobachtete, wie der Pfleger sich neben Caro kniete, hörte, wie sie besprachen, wie der Löwe gestorben war, dass der Pfleger die ganze Nacht bei ihm verbracht habe, der Tierarzt aber gegen Morgen gesagt habe, dass es keinen Sinn mehr habe.

Caro streichelte Anton über die Schnauze, und Georg hätte am liebsten gerufen, sie solle vorsichtig sein. Da durchschnitt ein Brüllen den Raum. Georg zuckte zusammen und schrie in einer Tonlage auf, die ihm sehr hoch erschien.

»Die anderen Löwen vermissen ihn«, sagte der Pfleger. »Sie merken, dass etwas nicht stimmt.«

Selbst im Tod strahlte der Löwe etwas Majestätisches aus, auch wenn seine Zunge seitlich aus dem Maul hing, wie eine dieser riesigen Zungen, die es früher in den Auslagen der Metzgerei gegeben hatte. Er war der König der Tiere, kein Zweifel.

Georg wischte sich mit dem Handrücken Schweißtropfen von der Stirn, atmete tief in den Bauch, um seine Übelkeit und seine Furcht zu lindern. Dabei versuchte er, nicht darüber nachzudenken, dass die Luft stinkig war, die er atmete. Eine Hilfe für Caro wollte er sein, darum ging es, und deshalb musste er seine Befindlichkeiten in den Griff kriegen.

»Ich werde dich besuchen, wir sehen uns wieder«, sagte der Pfleger.

Er klopfte dem Löwen auf den Rücken, erhob sich, zog seinen Zopf fest. Dann verschwand er im Nebenraum und kam mit einem kleinen Gabelstapler zurückgefahren. Er legte eine Plane aus, darauf ein Brett. Dann fuhr er einen Bogen und platzierte die Gabeln unter den Löwen, hob ihn an. Anton hing links und rechts herunter, sein Kopf kurz über dem Boden, sein Schwanz schleifte darauf. Caro hielt den Löwenkopf, und ohne darüber nachzudenken, verließ Georg seine Ecke und hob das Hinterteil an. Es war schwer, und das Fell fühlte sich borstig an.

»Über 200 Kilo«, rief der Pfleger.

Wie eine Trauerprozession bewegten sie sich auf das Brett zu und ließen Anton langsam daraufsinken. Georg lief der Schweiß über den Rücken. Der Pfleger stieg aus und streichelte den Löwen noch einmal, sprach mit ihm. Caro und Georg ließen ihm den Moment des Abschiedes, dann schlugen sie alle drei die Plane um den Löwen, zurrten die Seile fest. Georg staunte, wie viel Kraft in Caro steckte, bewunderte ihre muskulösen Arme, wie sie unermüdlich das Seil unter dem Löwen durchzog, es verknotete, bis er aussah wie ein zugeschnürtes Paket, nein, wie eine Mumie. Georg fühlte sich jetzt, nachdem sie den Löwen bezähmt hatten, sicherer.

Sie fuhren die Löwenmumie hinaus zum Kastenwagen. Am Kofferraum drehte Caro einen Flaschenzug heraus. Sie und der Tierpfleger wussten, was sie taten, ihre Handgriffe waren überlegt und sicher. Georg packte hier an, unterstützte dort, aber meistens fühlte er sich ungeschickt. Er gab sich große Mühe, zumindest nicht im Weg zu stehen.

»Ausgerechnet heute ist es so warm, wir müssen ihn gleich bearbeiten«, sagte Caro.

Georg blickte sie nicht an, er wusste, dass er ihr bei dem, was jetzt kam, nicht helfen konnte.

Der Tierpfleger klopfte auf die Plane. »Mach's gut, alter Kumpel.«

Mit der Tierleiche im Laderaum fuhren sie los, der Geruch aus dem Löwengehege breitete sich im Auto aus. Georg hielt seinen Kopf nahe am geöffneten Fenster, sodass der Fahrtwind ihm ins Gesicht wehte. Eine sanfte Brise, es ging nur langsam voran. Er fragte sich, was die anderen Verkehrsteilnehmer sagen würden, wüssten sie, dass sie einen toten Löwen transportierten. Anstatt in der Steppe auf einem sonnenbeschienen Hügel langsam zu verwesen, wurde Anton durch Berlin gefahren, um dann aufgeschnitten und umgestülpt zu werden. Georg verbot sich, weiterzudenken und die Bilder in sich aufsteigen zu lassen.

»Danke, dass du geholfen hast«, sagte Caro.

»Ich weiß nicht, ob ich dir wirklich eine Hilfe war.«

An der Baustelle staute es sich wieder. Immer noch

war niemand zu sehen. Es schien ein Spiel in der Stadt zu sein, möglichst viele stark befahrene Straßen aufzureißen, Zäune und Warnschilder darum herumzudrapieren und wieder zu verschwinden.

»Ich würde gerne Frau Lemke besuchen, aber ich habe jetzt erst einmal zu tun«, sagte Caro.

Er lehnte seinen Kopf weiter Richtung Fenster, Richtung Frischluft.

»Wenigstens muss sie jetzt nicht nach New York«, sagte er.

»Was sagt ihr Sohn dazu?«

»Keine Ahnung. Ist mir auch egal.«

Sie parkten in zweiter Reihe, Bela und Caros Vater kamen aus dem Haus, begutachteten den verpackten Löwen. Bela holte einen Trolley.

»Wie war Deutsch?«, fragte Caro.

»Ganz okay.«

Herr Schürmann machte sich an die Hebelvorrichtung, hakte das Seil an dem Löwenpaket ein und wollte es hochkurbeln.

»Lass mal, mit deinem Rücken, wir machen das schon«, sagte Caro.

»Aber ich nehme ihn aus, das war abgemacht«, sagte Herr Schürmann. »Wir müssen schnell machen, es ist heiß.«

Zu dritt brachten sie den Löwen in die Werkstatt, die zum Glück im Parterre lag. Herr Schürmann dirigierte, sie mussten die Rollen nur über zwei Stufen heben.

Georg konnte nicht anders, er dachte nur daran, was Herr Schürmann aus dem Löwen herausholen würde. Er kannte das. Wusste, wie es roch, wie matschig warm sich das Innere eines Tieres anfühlte. Aus der Zeit, als sein Vater zur Jagd ging und aus Georg einen Mann machen wollte. Ihm befahl, die Rehe, die er geschossen und im Keller aufgehängt hatte, unter seiner Anleitung zu öffnen. Wie viel Kraft es brauchte, durch das harte Fell zu stechen und dann die Klinge den Bauch entlangzuführen. Der schale Geruch, der sich verbreitete. Je mehr Georg gejammert und geweint hatte, desto unerbittlicher war der Vater geworden, hatte ihn nicht eher aus dem Keller gelassen, bis das Reh zerlegt, alle Organe ausgenommen, die Rippen gebrochen, das brauchbare Fleisch zerteilt war. Zwischendurch hatte sich Georg in den Eimer mit dem Fleischabfall erbrochen. Schwächling, Tanzaffe, hatte ihn der Vater beschimpft. Das Schlimmste aber waren die Augen des Rehs gewesen. Sie schienen ihn anzustarren, ihn zu verfolgen, es war Georg nicht gelungen, ihnen auszuweichen. Wenn er den Keller schließlich verlassen durfte, hatte es Tage gedauert, bis er den Geruch nach Blut und nach Verwesung abgewaschen hatte. Bis er die Fingernägel blutfrei bekommen und die Rehaugen aus seinem Kopf verbannt hatte.

In der Werkstatt war alles zur Seite geräumt worden. Sie rollten den Löwen unsanft in der Mitte des Raumes ab, Caro rief: »Vorsicht!«

Bela und Herr Schürmann schlugen die Plane auf, betasteten den Löwen, beratschlagten, wie sie ihn am besten öffneten, und Georg spürte, dass er jetzt ganz dringend verschwinden musste. Er sagte, er müsse Frau Lemke besuchen, sei schon spät dran.

Caro umarmte ihn, flüsterte »Danke« in sein Ohr, mit ihrer tiefen, rauen Stimme. Georg schluckte, um nichts herauszulassen, noch nicht. Er schwang sich auf sein Fahrrad, fuhr so schnell, wie sein Magen es erlaubte, vermied Unebenheiten auf der Straße, nur keine Erschütterung, erreichte den Park gleich neben dem Rathaus, schaffte es gebeugt hinter ein Gebüsch und erbrach die letzten zwei Tage, alles, was ihn erdrückte, ekelte oder sorgte. Es kam in gleichmäßigen Schwallen heraus. Er hatte sich noch nie so stolz gefühlt.

Über Nacht, so schien es ihm, hatte sich die karge Stadt in eine farbenfrohe verwandelt. Das Grün war zurückgekehrt, zusammen mit gelben, rosafarbenen, weißen Blüten. Zum ersten Mal ging Georg ohne Frau Lemke zu den Kirschblüten in die Art-déco-Parkanlage in ihrem Viertel. Er genoss die Sonne auf seiner Haut. Georg machte für Frau Lemke Fotos von der rosafarbenen Blütenpracht, aber den süßlichen Duft, der in der Luft lag, konnte er nicht einfangen. Jedes Jahr wartete sie so sehnsüchtig darauf, dass die Knospen sich öffneten, und jetzt verpasste sie das Schauspiel, das nur ein bis zwei Wochen dauerte. Es kam auf den Regen an, in manchen Jahren hatte er die Blüten schon nach einer Woche abgeschlagen.

Frau Lemke hatte erzählt, dass die Bäume auch während der Bombenangriffe geblüht hatten, und später, als es in der Stadt mehr Bombenkrater als Häuser gegeben hatte. Die Bäume störten sich nicht an dem Wahnsinn um sie herum. Deshalb war es Georgs und Frau Lemkes Tradition geworden, durch die Parkanlage zu spazieren, sobald sich die ersten Kirschblüten öffneten, am liebsten auf der Mitte der Straße durch das Spalier der Bäume hindurch. Auch als Zeichen: Egal, was passierte, auch sie kam jedes Jahr zurück. Nur nicht in diesem Jahr, dachte Georg.

Bevor er Frau Lemke im Krankenhaus besuchte, musste er in ihre Wohnung und eine ganz bestimmte leichte Baumwollhose für sie heraussuchen. Frau Lemke hatte ihm genau beschrieben, wo er sie finden würde. Unter den älteren Patientinnen war sie die Schickste im Krankenhaus, undenkbar für sie, tagsüber im Schlafanzug im Bett zu liegen. Meist bezirzte sie eine Krankenschwester, ihr zu helfen, auch wenn das Umziehen schmerzhaft war. Ihn schickte sie so lange aus dem Zimmer. Von dem Rollator konnte Georg sie zunächst nicht überzeugen. Die ersten Tage hatte sie sich geweigert, einen zu benutzen. Später willigte sie nur ein, als er ihr versprach, dass sie niemals damit auf der Straße laufen müsste. Nur auf dem Krankenhausgelände. Er hatte die Finger hinter dem Rücken überkreuzt, da war er abergläubisch. Wie das denn aussehe, meinte sie. Sie sei nicht wie diese alten Leute bei ihnen im Viertel.

Als er Frau Lemkes Wohnungstür aufschloss, wunderte er sich. Er hätte schwören können, dass er die Tür abgeschlossen hatte, denn er war in diesen Dingen gewissenhaft. Unzählige Male war er schon die vier Etagen zu seiner Wohnung hochgelaufen, wenn er sich nicht sicher gewesen war, ob er abgeschlossen hatte oder nicht. Bei anderen war er noch gewissenhafter. Er überlegte, ob er zu abgelenkt gewesen war, gestern, als er für Frau Lemke Blusen aus der Wohnung geholt hatte. Nach und nach leerte sich ihr Kleiderschrank, der sich über vier Meter an der Wand erstreckte. Er schrieb sich ihre Anweisungen immer auf, in welcher Schublade oder in welchem Fach er was finden würde.

Er erinnerte sich, dass sein Vater am Vortag in dem Moment angerufen hatte, als er Frau Lemkes Wohnung verlassen hatte, und er war drangegangen, weil der Vater ihn gefühlt jede Stunde an diesem Tag angerufen hatte.

Er müsse in drei Tagen Bescheid wissen, ob Georg das Haus verkaufe oder nicht, hatte der Vater gesagt. Und obwohl für Georg die Entscheidung feststand, erbat er sich Bedenkzeit bis Ende der Woche. Einfach weil er in dem Augenblick keine Lust gehabt hatte, seine Beweggründe zu erklären.

Trotzdem erschien es ihm seltsam, dass er die Tür nicht abgeschlossen haben sollte, und er hatte das Gefühl, dass jemand in der Wohnung war. Er wartete an der Tür, blickte sich um, suchte nach Zeichen, aber alles schien ihm, wie er es hinterlassen hatte. Licht fiel durch die offen stehenden Zimmertüren in den Flur. Er ging in das Schlafzimmer, öffnete, wie ihm aufgetragen worden war, die dritte Schranktür von links, ohne sich in dem Raum umzuschauen, denn in Frau Lemkes Schlafzimmer zu sein fühlte sich für ihn immer noch an, als dringe er in ihre Privatsphäre ein. Das Bett war gemacht, faltenfrei, das musste ihr Morgenritual sein, gleich nach dem Aufstehen. Seines war immer zerknüllt. Die blaue Baumwollhose, die vierte von oben, er zählte ab, es gab insgesamt drei blaue Hosen übereinander, und er beschloss, alle drei mitzunehmen. Nicht weil er an ihrer Genauigkeit zweifelte, sondern falls sich eine Hose als unbequem erwies, wie es in den letzten Tagen oft der Fall gewesen war. Er steckte die Hosen in seinen Rucksack, hörte Schritte auf den knarzenden Dielen. Er drückte sich hinter die offene Schranktür, die Schritte entfernten sich. Er hatte die Tür zum Schlafzimmer angelehnt, eine intuitive Vorsichtsmaßnahme, wie er jetzt dachte. Hätte er nur seinem ersten Eindruck getraut und die Wohnung nicht betreten. Dem Knarzen der Dielen nach zu urteilen, musste es sich um einen schweren Menschen handeln. Er hörte ein Poltern, ein Rascheln aus einem anderen Raum. Es könnte aus der Küche kommen, dachte er.

Wieder Schritte über den Flur, sie stoppten vor dem Schlafzimmer. Er hörte schweres Atmen, es klang nach einem Mann. Georg drückte sich in den Schrank, schloss die Augen, als könnte er sich so unsichtbar machen. Sein Herzschlag pochte in seinen Ohren, er lauschte dem lauten Atmen in der Tür. Die Person näherte sich.

»Georg.«

Die Abfälligkeit, mit der sein Name ausgesprochen wurde, kannte er.

Er öffnete die Augen.

Vor ihm stand ein Mann mit der Figur eines Fasses, so war Georgs erster Eindruck: breit in der Mitte, oben und unten schmaler. Der Mann trug einen Anzug mit Krawatte, auf jeden Fall nicht von der Stange. Die Krawatte eng anliegend, der Hals drängte aus dem Kragen. Die Kopfform erinnerte ihn an ein Ei, seitlich umrundet von einem grauen Haarkranz. In dem aufgedunsenen Gesicht erkannte er die schmalen Lippen, die wie eine Linie im Gesicht lagen, die spitze Nase und die eng zusammenstehenden Augen, die so dunkel schienen, dass der Übergang zwischen Pupille und Iris kaum auszumachen war.

Die Augen blieben gleich, egal wie sich der Körper um sie herum veränderte, in den Augen ließ sich die Seele auch nach Jahrzehnten wiederfinden.

Wolfgangs stechender Blick war auf ihn gerichtet, aber Georg empfand ihn nicht als bedrohlich. Nicht mit den hängenden Wangen, nicht mit der Jämmerlichkeit, die Wolfgang ausstrahlte.

»Was suchst du in dem Schrank?«, fragte Wolfgang. »Geld?«

Vor ihm hatten sie sich die ganze Zeit gefürchtet, dachte Georg.

»Deine Mutter hat mich gebeten, ihr Hosen zu bringen.«

»Hängst du immer noch an ihrem Rockzipfel? Fucking hell.«

Wolfgang hatte über die Jahre dieses fiese Lächeln behalten, bei dem er nur einen Mundwinkel nach oben zog. Er näherte sich, Georg konnte sein Parfum riechen. Er mochte es nicht, zu stark, zu maskulin.

»Nur zu deiner Information, Georg. Ich habe die Vormundschaft übernommen. Nächste Woche wird der Müll hier abgeholt, und dann ist Schluss.«

»Sie will nicht nach New York.«

»Es wäre nett, wenn du auf die Kündigungsfrist verzichten würdest. Nachdem dein Opa ihr das Haus abgeschwatzt hat, wäre es das Mindeste, was du tun könntest.«

Erst jetzt sah Georg das Bild in Wolfgangs Hand. Dasselbe Foto hatte er bei ihrer letzten Begegnung vor über dreißig Jahren auf den Boden geworfen. Georg erinnerte sich noch sehr genau daran, weil er später die Scherben aufgefegt hatte. Der breite rote Rahmen. Das Bild von Frau Lemke, ihrer Schwester und deren Mann.

»Ich weiß nicht, warum sie in all den Jahren in so einer Bruchbude gelebt hat«, sagte Wolfgang.

Das Bild in der Hand des jungen Wolfgang, sein schlanker Körper. Er erinnerte sich an einen brüllenden Wolfgang. Georg kam dazu, weil jemand den Türöffner gedrückt hatte. Wagte sich erst nicht in die Küche. Spitze Schreie von Frau Lemke, dann stürzte er hinein, sah, wie Wolfgang ihr eine Ohrfeige gab und das Bild zu Boden warf. Frau Lemke kauerte auf dem Steinboden, zwischen Glassplittern, die Arme schützend über den Kopf gelegt. Georg hatte sich zwischen sie und ihren Sohn gestellt.

Wolfgang schrie: »Du Hure!«

Georg mit seinen vierzehn Jahren wusste, was das bedeutete, und war entsetzt, dass jemand so mit Frau Lemke sprach. Dann stürmte Wolfgang hinaus, streifte ihn, kehrte um und boxte ihm in den Magen. Georg erinnerte sich an den Schmerz, als sich sein Körper auf einen Punkt in seinem Magen zusammengezogen hatte.

»Du bist nicht ihr Sohn«, hatte Wolfgang gesagt und war hinausgerannt.

Georg hatte Frau Lemke einen Eisbeutel für ihr geschwollenes Auge gebracht und war in den nächsten Tagen für sie einkaufen gegangen. Sie hatten nie wieder über den Vorfall gesprochen. Aber er blieb bei ihnen, wie eine Narbe, die irgendwann Teil von einem ist.

»Ich nehme sie übrigens nicht mit nach New York«,

sagte Wolfgang. »Ich habe einen Platz für sie in einem Pflegeheim in Brandenburg.«

»Was soll sie denn da?«

Georg schaute auf das Bild in Wolfgangs Hand. Die schmalen Lippen des Schwagers, nur ein Strich im Gesicht, die spitze Nase, die eng zusammenstehenden Augen. Georg schaute in Wolfgangs Gesicht. Der warf das Bild auf das Bett.

»Was ich mit meiner Mutter mache, geht dich nichts an«, sagte er. »Außerdem hätte ich gerne den Schlüssel. Noch haben wir die Wohnung gemietet. Du musst dich vorher anmelden, wenn du hier reinwillst.«

Wolfgang schritt auf ihn zu, bis sich ihre Bäuche berührten. Seine Leibesfülle hielt ihn etwas auf Distanz, Wolfgangs Spucke landete beim Sprechen dennoch in Georgs Gesicht.

»Du hast hier nichts verloren.«

Wolfgangs Augen blitzten. Aber Georg hatte keine Angst, er war wütend. Was bildete sich der Typ ein, hier alles bestimmen zu wollen. Georgs Hand umschloss den Schlüsselbund in seiner Hosentasche, er spürte, wie sich das Metall in seine Haut drückte. Er hielt Wolfgangs Blick stand, er würde ihm nicht ausweichen.

Georg schlug die Schlüssel so fest in Wolfgangs Hand, dass er dessen Arm nach unten drückte. Dann lief er über die sich beschwerenden Dielen, zum letzten Mal, wie es ihm schien.

Erst als er die Tür hinter sich geschlossen hatte, fiel ihm ein, dass Ruthchen noch auf dem Sofa in Frau Lemkes Wohnung schlief.

Ihre Mutter ist heute nicht zu bremsen«, sagte die Krankenschwester im Vorbeigehen zu Georg.

Am Ende des Flurs schob Frau Lemke ihren Rollator auf und ab, ihr tägliches Training. Im Krankenhaus bevorzugte sie Kleidung in knalligen Farben, heute trug sie eine rote Bluse, ihr Haar war so gut es ging frisiert. Schon seit Tagen sagte sie ihm, dass sie einen Friseurtermin brauche. Sie winkte ihm zu, er spürte etwas im Hals, das Schlucken fiel ihm schwer, als er sich ihr näherte.

»Da bist du ja endlich«, sagte sie. »Ich bin schon fünf Mal auf und ab gelaufen. Lass uns zum Aufzug gehen, dann kannst du mich in den Garten fahren. Es ist so schön draußen.«

Sie setzte sich in den Rollstuhl.

»Das tut gut.«

Den Rollator hasste sie, aber sie ließ sich gern von Georg durch den Krankenhausgarten schieben. Die Logik erschloss sich ihm nicht.

»Frische Luft, endlich«, sagte Frau Lemke, als sie den Garten erreichten. Er schob sie die Wege entlang, vor einzelnen Blumen oder Büschen hielten sie an. Frau Lemke beklagte sich über die anderen alten Leute auf ihrer Station, dass sie immer über Krankheiten reden wollten, während sie nur eine neue Hüfte hatte. Der Kopf schmerzte noch manchmal.

»Zum Glück komme ich hier bald raus, unter normale Leute«, sagte sie.

Wie sollte er ihr sagen, dass Wolfgang sie in einem Pflegeheim unterbringen wollte, fragte er sich. Irgendwo in Brandenburg, nicht mehr New York.

»Der Doktor meinte, er hätte einen Rehaplatz für mich organisiert, das könnte jetzt schnell gehen. Ich glaube, ich bin denen hier zu aktiv. Die haben es lieber, wenn die Leute im Bett liegen und fernsehen.«

Georg war froh, dass er sie schob und sie sein Gesicht nicht sehen konnte.

»Lass uns ein wenig auf die Bank setzen«, sagte sie. »Dann können wir besser reden.«

Er suchte einen Platz im Schatten, weil die direkte Sonne zu heiß für sie wäre. Als sie saßen, zeigte er ihr die Fotos von den Kirschbäumen.

»Das erste Jahr, dass ich sie verpasse. Ich hoffe, das ist kein schlechtes Omen.«

Sie lauschten den Vögeln. Eine Biene summte an ihnen vorbei. Alles klang nach Aufbruch, aber so fühlte er sich nicht.

»Was ist los mit dir, Georg?«, fragte sie und legte ihre Hand auf seinen Arm. »Du siehst aus, als ob dich etwas bedrückt.«

Er musste es ihr sagen, alles. Er war sich nicht sicher, wie viel sie auf einmal verkraften konnte.

»Könnten Sie sich vorstellen, in Ihrer Wohnung weiterzuleben, und ich passe sozusagen auf Sie auf?«, fragte er.

»Aber das machen wir doch schon.« Sie rieb seinen

Arm, lachte. »Jetzt mache ich erst mal die Reha, und dann sehen wir weiter.«

Sie schwiegen.

»Das mit New York verschiebt sich ja«, sagte sie.

Sie hatte die Augen geschlossen. Irgendwann neigte sich ihr Kopf leicht zur Seite, lange tiefe Atemzüge.

Er lehnte sich vor, beobachtete das Gras unter ihm, das Gewimmel der Ameisen. Ein Schmetterling landete auf der Löwenzahnblüte vor ihm, legte die Flügel flach, flog weiter. Georg war jede Leichtigkeit verloren gegangen. Bisher war er immer so mitgeschwommen im Fahrwasser des Lebens anderer, die die Richtung bestimmten. Alles war zu ihm gekommen, und er hatte es irgendwie geschehen lassen. Seine erste große Entscheidung war gewesen, seinen Job aufzugeben, und damit den letzten Rest von Karriereplänen, die vielleicht noch in ihm geschlummert hatten. Und jetzt musste er sich wieder entscheiden, wurde zum Handeln gezwungen, sonst würde Frau Lemke in einem Pflegeheim landen.

Georg beobachtete die Ameisen auf der Wiese vor ihm, die Pakete trugen, die mindestens doppelt so groß waren wie sie selbst. Er warf ihnen kleine Stöckchen in den Weg. Für einen kurzen Moment herrschte Chaos, bis sie sich neu sortiert hatten, die Wege umgeleitet wurden und alles kontrolliert weiterlief.

Sich immer wieder neu ordnen. Frau Lemke zuckte kurz zusammen, schlief weiter. Er polsterte ihren Kopf an der Seite mit seinem Pulli. Irgendwo hatte sie ein Geheimnis um ihren Sohn vergraben, sie kamen nicht voneinander los, aber die Liebe reichte nicht, um alles

Gift zwischen ihnen aufzulösen. Was war der Sinn einer Familie, wenn alle Erwartungen in nichts anderes münden konnten als in ein nicht zu entwirrendes Knäuel, in dem man sich bei dem Versuch zu entkommen verhedderte, dachte er. Die Fäden ein Leben lang an einem zerrten, einen immer wieder an den Ausgangspunkt zurückzogen. Würden sie sich erst mit dem Tod von einem lösen, wenn man eintauchte in die große Masse des Dunkels? Und das würde es sein, ein Nichts, die Wahrscheinlichkeit, dass er sich täuschte, dass da etwas anderes war, lag unter einem Prozent. Zu über 99 Prozent ergab das Leben am Ende keinen Sinn. Seiner Meinung nach. All das, was man ein Leben lang beackerte, würde mit einem Wimpernschlag vorbei sein. Es konnte passieren, dass man davor nicht zu einer Lösung gekommen war, sich die Hoffnung auf Glück am Ende nicht erfüllt hatte.

Er wollte seine eigene Ordnung schaffen. Er hatte Menschlichkeit gesucht, als er seinen Job aufgegeben hatte, und er steckte mittendrin. Er würde nicht zulassen, dass Frau Lemke in ein Pflegeheim abgeschoben wurde. Sie sollte in ihrer Wohnung bleiben, auch ohne Miete. Er musste Wolfgang so weit bringen, die Vormundschaft wieder abzugeben und sie beide in Ruhe zu lassen. Es war Georgs Aufgabe, sich um die Frau zu kümmern, die ihm so viel gegeben hatte, bei der er so oft Zuflucht gefunden hatte. Frau Lemke erwachte, lächelte ihn an. Er legte seine Hand auf ihre. Ein Schmetterling, vielleicht der von vorhin, setzte sich auf ihr Knie.

»Schau«, sagte sie.

Er wartete, bis der Schmetterling weiterflog.

»Frau Lemke, ich habe Wolfgang heute in Ihrer Wohnung getroffen.«

Er spürte, wie sich ihre Hand verkrampfte.

»Oh«, sagte sie. »Ist er in Berlin?«

Er warf viele kleine Stöckchen auf die Ameisenstraße vor ihnen.

»Er sagte, er hat ein Pflegeheim für Sie in Brandenburg ausgesucht.«

Chaos bei den Ameisen, sie liefen übereinander, bildeten einen Knoten, lösten ihn wieder auf, transportierten die Stöckchen ab.

»Ich finde nicht, dass Sie dorthin gehen sollten.«

Auf dem hüfthohen Tor zum Spielplatz saßen zwei Kinder und versperrten ihm den Weg.

»50 Euro Eintritt«, riefen sie.

Ein Spielplatz erschien Georg ebenso fremdartig wie ein Löwengehege. Er suchte auf der anderen Seite des Zauns nach Kai und entdeckte ihn in seinem Jeans-Outfit und mit Cowboystiefeln neben Hannah-Luna in der Sandkiste. Georg winkte ihm zu.

»50 Euro Eintritt«, sagten das Mädchen und der Junge wieder.

Georg fand 50 Cent in seiner Hosentasche und gab dem Mädchen mit dem Superman-T-Shirt die Münze.

»Mehr ist nicht drin«, sagte er.

»Wow, echtes Geld«, riefen sie, sprangen von dem Tor und ließen ihn durch.

»Hey, da bist du ja«, sagte Kai, als er sich zu ihnen in die Sandkiste setzte. Hannah-Luna ignorierte ihn.

Kai schaufelte mit einer Plastikschippe Sand in ein Förmchen, das aussah wie ein Gugelhupf.

»Du musst den nassen Sand nehmen, sonst gelingt der Kuchen nicht«, erklärte er währenddessen.

Hannah-Luna nickte. Kai stülpte die Form um, klopfte mit einer Schippe darauf, schaute Hannah-Luna erstaunt an und hob mit einem »Tataaa!« die Form an.

»Da ist der Kuchen!«

Hannah-Luna schlug sofort auf den Sandkuchen ein und hörte erst auf, als er tatsächlich zerstört war.

»Oh, nein! Jetzt muss ich einen neuen machen«, sagte Kai und füllte die Plastikform wieder mit Sand. Hannah-Luna klatschte in die Hände.

Georg dachte, man musste ein Kind haben, das man liebte, um das auszuhalten. Ein Treffen auf dem Spielplatz war für Georg immer die letzte Lösung, Kai zu sehen, wenn es keine andere Möglichkeit gab. Die Elternwelt war eine Parallelwelt, sie schoben ihre Kinderwagen vom Kindergarten zum Spielplatz, zum Café, zum Eisladen, zum Windelnkaufen. Schoben ihr Leben durch dieselben Straßen, auf denen er ging, und befanden sich doch in einem anderen Universum.

»Danke, dass du gekommen bist«, sagte Kai. »Ich muss echt reden.«

»Noch einen Kuchen«, rief Hannah-Luna.

Kai buk einen Sandkuchen nach dem nächsten, die seine Tochter sogleich unter großem Geschrei zerstörte. Das konnte sich hinziehen mit dem Gespräch, dachte Georg. Kai sah noch abgekämpfter aus als beim letzten Mal. Er hatte einen Dreitagebart, wie es in Kais Viertel angesagt war, es konnte aber auch der Stress sein.

»Mehr, mehr«, rief Hannah-Luna.

»Du siehst müde aus«, sagte Georg.

»Es ist kompliziert.«

Ein Mädchen kam mit seiner Schaufel angerannt. Gelbgrüner Schnodder klebte unter seiner Nase, der Pony war schief geschnitten. Das Gegenteil von Hannah-Luna, die, vollkommen in Pink gekleidet, von

Kopf bis Fuß fleckenlos im Sand saß. Gegen den Sauberkeitswahn und den Pinkfimmel der Mutter konnte er sich nicht durchsetzen, sagte Kai immer.

Das Mädchen setzte sich zu ihnen, zog die Nase hoch und zerstörte mit seiner Schaufel den Sandkuchen, der für Hannah-Luna vorgesehen war. Hannah-Luna schrie. Kai und Georg schauten sich um, ob sich ein Elternteil zu erkennen gab. Eine Frau, die mit einem Baby an der Brust auf der anderen Seite der Sandkiste saß, winkte ihnen zu und lächelte.

»Na, super«, sagte Kai.

Kai beruhigte Hannah-Luna, sagte ihr, dass sie gleich einen neuen Kuchen bekäme und dass das Mädchen doch nur spielen wolle.

»Pass auf«, sagte Kai zu dem Mädchen. »Ich mache euch beiden einen Kuchen. Erst einen für Hannah-Luna, dann einen für dich, okay?«

Das Mädchen nickte.

»Du musst warten, bis du dran bist.«

Georg hatte das schon öfter erlebt, auch wenn er es nicht für möglich gehalten hatte, aber es gab Kinder, die er nicht leiden konnte. Und dieses Mädchen, obwohl es höchstens drei oder vier Jahre alt war, hatte etwas Hinterlistiges in seinem Blick, fand er. Kai wischte Hannah-Luna mit seinem Ärmel die Tränen aus dem Gesicht.

»Ich mache dir deinen Kuchen. Und dann mache ich einen für deine Freundin.«

»Die ist nicht meine Freundin«, schniefte Hannah-Luna.

Kai schaufelte Sand in die Form, die Mädchen schauten ihm zu. Georg war erstaunt, wie souverän Kai die Situation löste.

»Es geht um Madeleine«, sagte Kai.

Georg versuchte, seine Gesichtszüge unter Kontrolle zu halten. Madeleine hatte ihm alles erzählt, dachte er, in einer »Wir sagen uns jetzt alles«-Stimmung. Sie hatte ihm erzählt, dass sie mit Georg im Bett gelandet war, diese eine Nacht, obwohl er doch gewusst hatte, dass sein Freund ein Auge auf sie geworfen hatte. Aber nein, das konnte nicht sein, beruhigte sich Georg, dann hätte Kai ihn anders begrüßt. Oder doch?

Kai hob die Form an, das kleine Mädchen haute auf den Sandkuchen, bevor Hannah-Luna zuschlagen konnte. Hannah-Luna schrie, warf sich in den Sand. Die stillende Mutter lächelte ihnen zu.

»Schau mal, du kannst nicht mitspielen, wenn du dich nicht an die Regeln hältst. Ich mache euch beiden einen Kuchen, einen für Hannah-Luna, einen für dich. Wie heißt du denn?«

»Louisa.«

»Louisa, also erst ein Kuchen für Hannah-Luna. Schau, Hannah-Luna, der ist für dich.«

Louisa schwang ihre Schaufel in die Luft, Georg sah sie für einen kurzen Moment im Sonnenstrahl blitzen, bevor Louisa sie auf Hannah-Lunas Kopf schlug und wegrannte. Hannah-Luna schrie noch lauter. Die stillende Mutter zuckte die Schultern.

»So ein kleines Biest«, sagte Georg, und insgeheim beglückwünschte er sich zu seiner Menschenkenntnis. Er hatte es dem Kind angesehen.

Kai nahm Hannah-Luna auf den Schoß. Georg beobachtete, wie er sie in seinen Armen schaukelte, wie er über ihr Haar strich, das sich zum Teil aus der Spange gelöst hatte, wie er beruhigend auf sie einredete. Sie schlang ihre kleinen Arme um seinen Hals, und in diesem Moment wurde Georg bewusst, dass er diese Innigkeit niemals erleben würde. Seine Kinder hatten sein Herz umfasst, aber niemals seinen Hals.

Georg schaufelte Sand in die Form, stürzte sie um, klopfte darauf, hob die Form an. Das wiederholte er, bis er mehrere Sandkuchen gebacken hatte.

»Ich habe so viele Kuchen, ich weiß gar nicht, was ich damit machen soll«, sagte er.

Hannah-Luna schaute erst ihn an, dann die Kuchen, lächelte und kletterte von Kais Schoß.

»Hoffentlich macht die keiner kaputt«, sagte Georg.

Hannah-Luna lachte ihn an und stürzte sich auf die Kuchen, zertrat sie und bearbeitete sie anschließend mit den Händen, bis nur noch ein Sandhaufen übrig war.

»Danke, Mann«, sagte Kai.

Georg buk weitere Sandkuchen und stellte fest, dass es so schlimm gar nicht war.

»Was ist mit Madeleine?«, fragte er.

»Mehr, mehr«, rief Hannah-Luna.

Kai flüsterte ihm ins Ohr: »Sie ist schwanger.«

Die eine Nacht, in der ihm alles egal gewesen war. Er erinnerte sich, dass sie ein Kondom benutzt hatten. Das Kind konnte nicht von ihm sein. Eigentlich nicht. Er las keinen Vorwurf in Kais Gesicht, sondern Ratlosigkeit und Schuld.

»Von dir?«, fragte Georg.

Kai nickte, behielt den Kopf unten.

»Mehr, mehr«, rief Hannah-Luna.

Georg buk Sandkuchen. Er musste Madeleine fragen, ob er als Vater infrage käme, er brauchte Gewissheit. Gleichzeitig schämte er sich. Er wollte ein guter Freund sein, der beste aller Freunde für Kai. Ihm fiel ein, dass er noch nicht einmal Madeleines Nachnamen wusste, dass er auch keine Nummer von ihr hatte.

»Weiß Lea Bescheid?«, fragte er.

Kai schüttelte den Kopf.

»Ich liebe Hannah-Luna«, sagte er. »Ich werde auch mein Kind mit Madeleine lieben. Aber das mit der klassischen Familienkonstruktion klappt für mich nicht, ich bin nicht für eine Kleinfamilie gemacht. Ich möchte eine große Wohnung, in der meine Kinder abwechselnd mit mir leben, unter meinen Bedingungen.«

Hannah-Luna wurde immer wilder, sprang auf die Sandkuchen, die Georg für sie machte.

»Langsam, langsam«, sagte er.

»Was ist mit der Wohnung von Frau Lemke?«, fragte Kai.

»Die wird nicht frei. Ich muss Wolfgang überzeugen, die Vormundschaft abzugeben. Ich werde mich um Frau Lemke kümmern.«

»Dann ziehe ich da eben mit ein, und wir gründen eine Mehrgenerationen-WG. Das wird ihr guttun, Kinder halten jung.«

Kai sah aus, als meinte er es ernst.

Das Mädchen von eben rannte auf sie zu und schwang

seine Schaufel. Provozierend, fand Georg. Sie hatte immer noch Schnodder unter der Nase.

»Weg, weg«, schrie Hannah-Luna und kletterte auf Kais Schoß.

Georg schaute zu der Mutter, die fertig gestillt hatte und jetzt im Wiegeschritt mit dem Baby über der Schulter auf und ab lief. Sie lächelte ihnen zu.

»Wir wollen nicht mit dir spielen«, sagte Kai zu dem Mädchen.

»Arschlöcher«, sagte das Mädchen und bewarf sie mit Sand.

Kai stand auf, Georg machte sich bereit einzugreifen, denn egal was passierte, sie konnten das Mädchen nicht schlagen, so viel wusste er über den Umgang mit Kindern.

»Können Sie endlich Ihre Tochter von uns wegholen?«, schrie Kai über die Sandkiste hinweg.

Ein Innehalten auf dem Spielplatz, Stille, alle Blicke auf sie gerichtet.

»Wo ist denn das Problem, warum lasst ihr sie nicht mitspielen?«, rief die Mutter.

»Weil sie aggressiv ist, meine Tochter geschlagen hat und uns mit Sand bewirft. Ihr Kind zu erziehen ist Ihr Job, nicht meiner.«

Georg konnte aus den Gesichtsausdrücken der anderen Eltern nicht herauslesen, auf welcher Seite sie standen. Letztendlich war es ihm auch egal. Er bewunderte, wie Kai für sich und seine Tochter einstand.

»Komm her, Louisa, geh von diesen Leuten weg.«

Das Mädchen machte eine Schlagbewegung mit seiner

Schaufel in ihre Richtung und rannte zu der Rutsche, wo es ein anderes Kind schubste.

»Louisa, komm her, habe ich gesagt«, rief die Mutter.

Sie spielten weiter. Georg füllte die Form wieder mit Sand, Hannah-Luna beruhigte sich.

»Da gibt es noch etwas«, sagte Kai und zog sein Handy aus der Tasche.

»Au ja, Film gucken«, sagte Hannah-Luna.

»Nein, wir schauen jetzt keinen Film. Ich möchte Georg etwas zeigen«, sagte Kai und reichte ihm das Handy.

Es war Linda. Mit einem Baby auf dem Arm. Ihr Blick in die Kamera gerichtet. Nicht dieser ausweichende Blick, den er von ihr kannte, nein, ein seliger und direkter Blick, den er nur bei Müttern gesehen hatte, die gerade ihr Baby geboren hatten.

»Vor drei Tagen. Es ist alles gut gegangen. Jona heißt er. Ich dachte, ich muss es dir sagen«, sagte Kai.

Georg genoss die Wärme des Babys, das auf seiner Brust schlief, er streichelte über den Flaum auf dem kleinen Kopf. Ihn durchströmten Wellen der Liebe, wie er sie noch nie gespürt hatte. Er versprach dem Baby, dass er es immer beschützen werde. Und doch war ein Schmerz beigemischt, er wusste, es durfte nicht sein. Er legte Linda das Baby in den Arm, sagte, kümmere du dich darum. Und Linda strahlte, drückte es fest an sich, er sah das Baby nicht mehr, nur noch die Decke in ihren Armen. Linda wurde nach hinten, von ihm weggezogen, in die Nacht, wurde immer kleiner, war ein kleiner Punkt und schließlich vollkommen verschwunden.

Dunkelheit.

Georg schlug die Augen auf.

Er spürte das Zimmer, das am anderen Ende der Wohnung lag, in dem Lindas Sachen übereinandergestapelt warteten, die Wiege und die Strampler seiner Kinder. Das Zimmer schwoll an, breitete sich in der Wohnung aus, drückte ihn in seinem Bett an die Wand.

3:54 Uhr.

Es juckte ihn überall, er schlief auf Sand. Er hätte sich auch die Haare waschen sollen. Der Sand hatte überall gesteckt, zwischen den Zehen, sogar in der Poritze, aber an die Haare hatte er nicht gedacht. Er stand auf, klopfte den Sand aus dem Laken, legte sich wieder hin. Blickte in den Himmel. Es wurde langsam hell, ganz hinten am Horizont, dort, wo Linda lebte.

Er tippte eine Nachricht auf seinem Handy.

Ich freue mich für dich, alles Gute.

Und dachte, du wirst auch immer die Mutter unserer Kinder sein. Er drehte sich um und versuchte, wieder in den Schlaf zu finden, schob alle Gedanken weg. Bis es an seiner Wohnungstür klingelte und klopfte.

4:16 Uhr.

Je mehr er es zu ignorieren versuchte, desto intensiver wurde das Klingeln, also schlüpfte er schließlich in Jeans und T-Shirt. Frau Meyer, in ihrem Morgenmantel, dem Blumenmuster und der Farbe nach zu urteilen ein Original aus den siebziger Jahren. Ihre Haare waren zerzaust, und etwas fehlte in ihrem Gesicht, aber er konnte nicht ausmachen, was es war.

»Da ist Wasser in meiner Wohnung«, sagte sie. »Es kommt aus dem Badezimmer.«

Georg folgte ihr die Treppe hinunter.

»Das Haus muss saniert werden«, sagte sie.

Am liebsten wäre er umgekehrt. Es gab ein Problem mit den Wasserleitungen, das wusste er selbst, dazu brauchte er keine Frau Meyer. Er hatte das Angebot einer Wasserinstallationsfirma neben dem Angebot seines Vaters auf dem Küchentisch liegen. Eine halbe Million kostete die Strangsanierung. Er hatte das Geld nicht, hätte es auch nicht mit seinem Radiojob verdienen können. Er musste das Haus verschulden oder verkaufen, aber das wollte er nicht mit Frau Meyer besprechen, schon gar nicht um diese Uhrzeit.

Der Teppich in ihrem Flur war durchnässt. Georg rannte in das Badezimmer und drehte den Haupthahn ab. Ein Geruch nach Ammoniak reizte seine Nase, er hatte es schon im Flur gerochen, aber im Badezimmer schien es stärker. Das Wasser drückte sich weiter aus dem Boden, Fliesen lockerten sich. Dann sah er, dass noch ein Rest Wasser in der Badewanne stand, der sehr langsam ablief.

»Haben Sie gebadet?«, fragte er.

»Ich konnte nicht schlafen«, sagte sie.

Die Abläufe in den Badezimmern waren veraltet, ein System, bei dem die Installateure nur abwinkten und sagten, dass alles neu gemacht werden musste. Bei zu hohem Druck verrutschten die Abläufe leicht, so viel hatte er verstanden. Das Badewasser war nicht in den Abfluss, sondern in den Boden gelaufen. Er steckte den Wannenstöpsel ein.

»Haben Sie etwas zum Schöpfen?«, fragte er.

Frau Meyer verschwand und kehrte mit einem Messbecher zurück. Georg schöpfte das Wasser aus der Badewanne in das Waschbecken, seine Socken waren nass, Teile seines T-Shirts und der Hose.

»Warum kann ich nicht mehr baden?«, fragte sie.

»Natürlich können Sie baden, wir müssen nur den Abfluss reparieren.«

Sie ging ihm auf die Nerven.

»Alles ist nass«, sagte sie.

»Können Sie mir bitte Eimer und Lappen bringen«, sagte er. »Dann wische ich es auf.«

Neben der Toilette entdeckte er Windeln, gestapelt

und, wie er bei einem näheren Blick feststellte, gebraucht. Der beißende Geruch war Urin. Er würgte, fragte sich, was hier los war. Frau Meyer kam mit einem Eimer und einem Spülschwamm zurück.

»Ich bräuchte einen Putzlappen, um das Wasser aufzuwischen.« Er rief ihr hinterher: »Und einen großen Müllsack, wenn Sie einen haben.«

Frau Meyer hatte Musik angestellt, eine Oper. Perfekte Untermalung des Wahnsinns, in dem er sich befand, dachte er.

Er schaute in den Spiegelschrank über dem Waschbecken. Leere Arzneipackungen, uralte Cremes. In den Schubladen Verbandszeug mit eingetrocknetem Blut. Er hatte nichts gemerkt von ihrem Zustand, hatte sich provozieren lassen.

Frau Meyer brachte ihm einen Putzlappen und eine Mülltüte, das hatte geklappt.

»Ich mache das, Frau Meyer. Könnte ich einen Kaffee haben?«

»Ich bin dazu nicht verpflichtet.«

»Nein, aber es wäre wirklich nett.«

Sie drehte sich um und verschwand wieder. Georg würgte noch einmal. Er suchte nach Handschuhen, irgendetwas, damit er die Windeln nicht mit bloßen Händen anfassen musste. Er fand eine Badehaube. Die stülpte er sich über die Hand und packte die Windeln in den Müllsack. Die untersten waren schwer, weil sie sich mit Wasser vollgesaugt hatten. Er wischte den Boden auf, legte die lockeren Fliesen beiseite, damit Frau Meyer sich nicht verletzte. Fand in einer Ecke einen braunen Haufen, der sich an der Badewannenseite auftürmte. Wie Erde sah es aus, am Boden aufgeweicht. Als er näher kam, wurde ihm klar, dass es eingetrocknete Exkremente waren.

Er rannte aus dem Badezimmer, hörte Frau Meyer in der Küche klappern. Verdammt, er wollte damit nichts zu tun haben. Aber es half nichts, er ging zurück ins Badezimmer, hielt die Luft an, wischte das Wasser auf, holte im Flur Luft. Am Ende wusch er sich lange die Hände, benutzte aber nicht die Seife, die aufgeweicht auf dem Waschbecken lag, sondern ein Haarshampoo.

Er würde sich nicht um Frau Meyer kümmern, wie er sich um Frau Lemke kümmerte, das war etwas anderes. Doch er würde Hilfe für sie organisieren.

Im Flur löste er den Teppich, rollte ihn ein, wischte auch da Wasser auf. Der Teppich musste trocknen. Es roch nach Kaffee, vermischt mit Urin.

In der Küche stapelten sich verschiedene Kisten, aber ihn wunderten mehr die Aufkleber, die er an verschiedenen Stellen entdeckte. In Druckschrift stand neben dem Lichtschalter ABENDS LICHT AUS, neben dem Herd AUF 3 MITTEL, AUF 5 SCHNELL WARM. Auf dem Küchenbuffet unzählige Medikamentenpackungen. Daneben Anweisungen wie MITTAGS 1, ABENDS 3, durchgestrichene Anweisungen, danebengeschriebene. Überall saßen Porzellanpuppen, die so ausgerichtet waren, dass sie Frau Meyer auf ihrem Platz anschauten. Er ging davon aus, dass sie dort immer saß, denn es lagen Werbeprospekte auf dem Küchentisch vor ihr, eine Handcreme und ein

Spiegel. Georg setzte sich auf den freien Stuhl. Vor ihm stand eine Tasse.

»Ich habe schon Zucker reingemacht, wollen Sie auch Milch?«, fragte sie.

»Ja, danke.«

Sie schüttete Kaffeesahne in seine Tasse. Der Kaffee schmeckte nach Salz, und er musste sich zusammenreißen, ihn nicht auszuspucken. Georg schluckte, überlegte, wie er den Kaffee loswerden konnte. Irgendetwas stimmte nicht in Frau Meyers Gesicht, aber er kam nicht darauf, was es war.

»Sie können die Badewanne nicht benutzen. Ich rufe gleich um acht Uhr den Klempner an, dass er vorbeikommt. Die Fliesen im Bad müssen auch neu gemacht werden.«

»Das war ein tadelloses Haus, bevor Sie es übernommen haben. Wie gut, dass Ihr Opa das nicht mit ansehen muss.«

»Ich gebe mein Bestes.«

Ihre Bosheit erstickte jedes Mitgefühl, das in ihm aufgekommen war. Sie rührte ihren Kaffee nicht an, und er war sich nicht sicher, ob sie seinen absichtlich versalzen hatte oder ob ihr geistiger Zustand dafür verantwortlich war.

Eine Nachricht von Linda: *Vielen Dank. Meine Sachen können alle weg. Nimm, was du für dich haben möchtest. Dir auch alles Gute.*

Hier in der Küche von Frau Meyer, beobachtet von ihren Porzellanpuppen, endete sein Leben mit Linda. Sie würde nicht zurückkehren, und wenn doch, dann nicht, um mit ihm zusammenzuleben. Er würde Caros Transporter leihen, der hoffentlich nicht mehr nach Löwe roch, und nach und nach die Sachen, einen Teil ihres gemeinsamen Lebens, zum Sperrmüll fahren. Auch die Babysachen würde er entsorgen, denn es lag ein Fluch darauf, er wollte sie nicht an andere Kinder weitergeben. Und dann existierten die letzten zwanzig Jahre nur noch in seiner Erinnerung.

»Haben Sie Kontakt zu Ihrer Familie, Frau Meyer?«

»Das geht Sie nichts an.«

Er entsann sich kaum an ihre Kinder, ein paar Teenager, die vor sehr langer Zeit ab und zu vorbeigekommen waren. In den letzten Jahren, wenn er zurückdachte, hatte er nie mitbekommen, dass sie besucht worden war. Frau Meyer war mit ihrem Mann und ihren Kindern Anfang der sechziger Jahre neben Frau Lemke eingezogen. Die beiden Frauen standen von Anfang an in Konkurrenz zueinander, die, so betonte Frau Lemke, nicht von ihr ausgegangen war. Ein Wettbewerb, welche Kinder schlauer waren, welcher Mann besser verdiente, wer den größeren Wagen vor dem Haus stehen hatte. Und einmal hatte Frau Meyer zu Frau Lemke gesagt, sie solle nicht mit ihrem Mann flirten. Und obwohl sie Tür an Tür, ja Wand an Wand wohnten, obwohl ihre Kinder ungefähr im gleichen Alter waren, konnten die beiden sich nicht ausstehen. Trafen sie sich im Hausflur, redeten sie nicht miteinander. Die Feindseligkeit der Frauen war auf ihn übergegangen. Georg hatte sie zu der Freundschaft mit Frau Lemke mit dazubekommen, er hatte gar nichts dafür tun müssen. Es gab in all den

Jahren keinen Grund für ihn, seine Meinung zu überdenken. Frau Meyer hatte sich über die Jahrzehnte als Hausdrache etabliert. Dennoch, er musste ihre Kinder ausfindig machen, das Amt anrufen, damit man ihr half.

Er verabschiedete sich und sagte ihr noch einmal, dass sie die Badewanne nicht benutzen durfte, bis ein Handwerker vorbeikam. Er war sich nicht sicher, ob das angekommen war, sie schaute durch ihn hindurch. Jetzt sah er, was in ihrem Gesicht nicht stimmte. Die aufgemalten Augenbrauen fehlten. An den Stellen war nur nackte Haut.

Die Mülltonnen quollen über. Sofort fragte er sich, wer in seinem Haus so etwas wagte. Georg war davon ausgegangen, er hätte seine Mieter gut erzogen, bis auf Frau Meyer. Selbst neben den Tonnen standen Kartons und prall gefüllte Abfallsäcke. In einer Kiste entdeckte er Frau Lemkes chinesisches Teeservice, aus dem Caro und er vor Kurzem getrunken hatten. Das Porzellan ihrer Mutter.

Wolfgang.

Wolfgang hatte ausgemistet, Frau Lemkes Bemühungen der letzten Wochen, ihr Leben zu sortieren, zunichtegemacht. Und er hatte sich die Frechheit erlaubt, alles in die Tonnen zu stopfen oder danebenzustellen, und das wertete Georg als einen Angriff auf seine Ordnung. Er blickte zu Frau Lemkes Küchenfenster hinauf. Keiner konnte Wolfgang bremsen, er hatte die alleinige Macht über die Wohnung, bis Frau Lemke aus der Reha zurückkam.

In den letzten Tagen hatte Georg viel mit ihr besprochen, bevor sie an die Ostsee aufgebrochen war, und hatte den Anwalt kontaktiert, der damals die Kanzlei seines Opas übernommen hatte. Er sollte die Vormundschaft für Frau Lemke zurückerstreiten. Aber Frau Lemke zögerte, brachte es nicht über sich, gegen ihren Sohn vorzugehen. Der Anwalt sagte, dass sie nichts unternehmen konnten, wenn Frau Lemke nicht mitmache, sie und Georg seien ja nicht verwandt. Am Ende sagte Frau Lemke: »Es wird schon alles richtig kommen«, worauf Georg sagte: »Viel Spaß in Ihrem Heim in Brandenburg.«

Noch nie hatten sie sich so gestritten.

Einmal waren er und Wolfgang sich begegnet, als Georg Frau Lemke im Krankenhaus besuchte. Wolfgang saß bei ihr, und Georg fiel gleich auf, wie zerbrechlich Frau Lemke aussah, als läge eine andere Person im Krankenbett. Was er hier wolle, hatte Wolfgang gefragt, und Frau Lemke hatte ihn bittend angeschaut. Wir müssen reden, hatte Georg gesagt, denn er wollte und konnte sich nicht mehr von Wolfgang abwimmeln lassen, zu viel stand auf dem Spiel. Aber Frau Lemke wimmerte, ihr Herz rase und sie fühle sich schwindelig. Wolfgang rief nach einer Schwester und zischte ihn an, er solle verschwinden. Ansonsten reagierte Wolfgang nicht auf seine Anrufe, öffnete nicht die Tür.

Vier der Porzellantassen waren zerbrochen, die Tülle der Teekanne lag daneben. Ignoranz und Zerstörungswut, Georg hatte genug. Neben dem Altpapiercontainer lagen alte Nähzeitschriften, handgeschriebene Briefe, die er nicht entziffern konnte. Die Sachen mussten aus einem Teil der Wohnung stammen, zu dem sie noch nicht gekommen waren, er kannte die Briefe nicht. Georg sammelte sie auf, vielleicht waren sie wichtig für Frau Lemke, er wollte sie ihr noch einmal zeigen. Ein Foto fiel aus einem Kuvert. Darauf sie als junge Frau, vielmehr Teenager, mit ihrem verschmitzten Lächeln, und der Mann ihrer Schwester. Er hatte den Arm um sie gelegt, sie den Kopf an seine Schulter gelehnt. Georg steckte das Foto zurück in das Kuvert. Er wollte wissen, was in dem Brief stand, die Neugier in ihm war übermächtig, aber es gelang ihm nicht, die Handschrift zu entziffern.

Unter den Briefen fand er Dokumente, Urkunden von Frau Lemkes Ehemann und Fotoalben. Herr Lemke als Soldat, als junger Mann in Zivil, mit Frau Lemke, die deutlich jünger war als er. Es war erstaunlich für Georg, ihn so aktiv zu sehen. Er kannte ihn nur, als er sich von der Welt abgewandt und in seinen Sessel zurückgezogen hatte.

Georg fragte sich, ob Wolfgang seinen Vater auslöschen, ihn entsorgen wollte. Hatte er alles durchgeschaut, eine emotionale Zeitreise zu seinem Vater gemacht? Oder hatte er einfach die Schubladen und Schränke geleert, weil alles schnell gehen musste und er sich nach Jahrzehnten in einem anderen Land nichts mehr aus seinen Eltern machte?

Oben auf der gelben Tonne lag Frau Lemkes Handmixer aus den siebziger Jahren, auf den sie schwor. Der beste und kräftigste Motor, so etwas gebe es heute nicht mehr. Auch ihn legte Georg zu dem Haufen, den er für Frau Lemke retten wollte. Läge nicht ein Rosaton auf der Stadt bei diesem frühlingshaften Sonnenuntergang, es wäre alles noch erbärmlicher.

Ein letzter Blick in die graue Tonne. Er hatte sich schon weggedreht, da dachte er, er hätte einen Teil von Ruthchen darin gesehen. Er schaute noch einmal genau hin, durch die durchsichtige Mülltüte. Zwischen einer nassen Packung Spinat und einer Gemüsemischung mit Kräutern der Provence, die sich Frau Lemke gern zwischendurch warm machte, sah er das getigerte Fell. Ruthchens Schwanz.

Er musste sich überwinden, hineinzugreifen, die schmierige Tüte herauszuziehen. Er riss die Tüte auf und schüttete alles auf den Boden, Ruthchen voller Spinat, Tiefkühllasagne und Eierschalen. Georg dachte nicht nach, sondern handelte, als gälte es, ein Leben zu retten. Er nahm eine Zeitung aus dem Altpapier und wischte das Gröbste ab, doch Ruthchens Fell war verklebt und nass. Sie sah elendig aus, und sie tat ihm leid. Er wickelte sie in Zeitungspapier ein.

Es reichte.

Das musste aufhören, Wolfgang durfte nicht länger in ihrem Leben herumwüten, mit der einzigen Berechtigung, dass er der Sohn war. Er klingelte an Frau Lemkes Tür, verdreckt, nach Müll riechend, mit Ruthchen unter dem Arm. Er klingelte Sturm, pochte mit der Faust gegen die Tür, rief Wolfgangs Namen, er solle öffnen und sich ihm stellen. Georg war kein Mann, der sich prügelte, schon als Junge hatte er viel eingesteckt. Aber jetzt war er zu allem bereit. Es war an der Zeit, die Sache zu klären.

Frau Meyer öffnete in ihrem geblümten Morgenmantel die Tür nebenan.

»Herr von Bülow ist in der Schweiz. Er hat einen Termin und kommt in ein paar Tagen zurück, hat er gesagt.«

Der Löwe saß auf einer Palette, angestrahlt von zwei Leuchten. Es war warm in der Werkstatt, Caro arbeitete in einem Tanktop. Sie ging nah an den Löwen ran, entfernte sich, näherte sich wieder, arrangierte die Nadeln und Klammern neu, die das Fell hielten. Nichts schien fertig zu sein, einzig seine Größe wirkte erhaben. Er saß auf seinen Hinterpfoten, die Brust herausgestreckt.

»Er sieht majestätisch aus«, sagte Georg.

Caro wischte sich mit dem Handrücken über die Stirn.

»Wir ringen noch ein wenig miteinander. Ich glaube, er ist sauer, dass er gestorben ist, er will mich nicht an sich heranlassen. Ich rede mit ihm, streichle ihn, gehe meine Skizzen durch, aber ich finde keinen Zugang. Er sieht aus wie ein großes Stofftier, und das macht mich verrückt.«

Sie stemmte ihre Hände in die Hüften.

»Was hast du in der Tüte?«, fragte sie.

Er holte Ruthchen heraus, wickelte sie aus dem Zeitungspapier und legte sie auf den Arbeitstisch, auf dem er sie vor wenigen Wochen hier vorgestellt hatte, beäugt von der Eule, die er nun nicht mehr so beeindruckend fand. Ruthchens Zustand machte ihn immer noch wütend. Was für ein Glück, dass er sie überhaupt gefunden hatte.

»Wolfgang hat sie weggeworfen«, sagte er. »In den Restmüll.«

Caro begutachtete das verklebte, eingetrocknete Fell.

»Hast du etwas damit gemacht?«

»Nur mit Zeitungpapier abgewischt und dann mit einem feuchten Tuch.«

»Gut, sonst hättest du das Fell zerstören können. Man braucht ein spezielles Shampoo dafür.«

Sie rief ihren Vater. Dass auch sie um Ruthchen besorgt war, tat Georg gut. Herr Schürmann wischte sich die Hände am oberen Teil seiner Schürze ab und gab ihm die Hand. Georg dachte, dass er genau damit leben musste, wenn er mit Caro zusammen war.

»Einfach weggeworfen«, sagte der Vater kopfschüttelnd. »So viel Arbeit, so ein schönes Tier.«

Der Vater nahm Ruthchen hoch. »Dauert aber ein paar Tage, sie muss shampooniert und getrocknet werden.«

»Danke«, sagte Georg.

»Hm«, machte Herr Schürmann. Im Vorbeigehen nickte er Georg zu und machte nochmals »Hm«. Georg hatte das Gefühl, dass das »Hm« wohlwollender klang als am Anfang, als er zum ersten Mal in die Werkstatt gekommen war. Er verschwand in den Nebenraum, in sein Reich, wie Caro es nannte.

Sie setzten sich auf die Palette, Caro streichelte die Vorderpfote des Löwen.

»Ich muss ihn bis nächste Woche fertig haben. Ich habe mich für eine Meisterschaft angemeldet, in Rostock.«

»Frau Lemke ist ganz in der Nähe, zur Reha an der Ostsee.«

»Du kannst mitkommen, und wir besuchen sie auf dem Weg.«

Georg dachte an eine Halle mit toten Tieren, er mittendrin, und die Vorstellung war gar nicht mehr so schlimm.

»Ich weiß, das ist nicht dein Ding. Es ist nur«, sagte sie und stand auf, ohne ihn aus den Augen zu lassen, »ich würde mich wirklich freuen, wenn du mitkommst. Du kannst am Meer spazieren gehen oder so.«

»Gute Idee.«

Er berührte die andere Pfote des Löwen, als Zeichen, dass er kein Problem damit hatte.

»Dann könnten wir bei Frau Lemke vorbeischauen«, sagte er. »Sie klang niedergeschlagen am Telefon. Sie haben ihr gesagt, dass sie nach der Reha direkt in das Pflegeheim soll, ohne noch einmal in ihre Wohnung zu kommen.«

»Das kann Wolfgang doch nicht machen!«

Sie setzte sich zu Georg, legte ihren Arm um ihn, und er ließ sich gern trösten.

»Ich bin machtlos, wenn sie nicht einwilligt, gegen Wolfgang vorzugehen. Es ist, als renne ich gegen eine Mauer. Wenn es um ihren Sohn geht, blockt sie total ab.«

»Wir überzeugen Frau Lemke, und dann holen wir uns einen Preis für Anton.«

Caro stand wieder auf und streichelte den Löwen, ging um ihn herum, studierte ihn, sah ihn wahrscheinlich schon als Gewinner des Wettbewerbs vor sich, mit einem Pokal an seiner Seite.

»Ich habe eine Position gewählt, in der er sich entfalten kann, nichts Reißerisches, keine Stellung, in der er angreifen und töten will. Mir ging es darum, dass er seine Persönlichkeit strahlen lassen kann, aus sich heraus. Du sollst ihn spüren, wenn du am anderen Ende der Halle stehst.«

Im Moment sah Georg nur aufgezogenes Fell. Aber er vertraute darauf, dass Caro es schaffen würde. Sie stand vor der Schnauze des Löwen und ordnete Nadeln, fuhr ihm durch die Mähne. In ihrer Nähe zu sein, sie zu beobachten, tat ihm gut. Alles war ehrlich mit ihr. Vielleicht war es das, worum es ging, das Hier und Jetzt bewusst zu erleben. Nicht mehr und nicht weniger.

Sein Handy vibrierte, sein Vater.

Er hatte ihm noch nicht gesagt, dass er das Haus nicht verkaufen würde. Jetzt war kein guter Moment dafür, befand er. Er ließ ihn auf die Mailbox sprechen, wieder einmal. Nicht Liebe, sondern Geld war der Klebstoff, der seine Familie zusammenhielt.

»Bela hätte heute gerne sturmfreie Bude. Kann ich bei dir schlafen?«, fragte Caro.

»Kein Problem. Ich besorge uns etwas zum Essen.«

Und es stellte sich ein Gefühl ein, das er niemals für möglich gehalten hatte, als er zum ersten Mal die Werkstatt betreten hatte. Er fühlte sich zu Hause, hier zwischen den toten Tieren und Caro, die um ihren Löwen schlich auf der Suche nach seiner Seele.

Kai betrat Georgs Wohnung mit einer Reisetasche über der Schulter, die er an der Garderobe abstellte. Georg erschrak beim Anblick seines Freundes. Die Wangen eingefallen, das Gesicht grau.

»Ich habe dir geschrieben und dich angerufen, aber du meldest dich nicht«, sagte Kai.

Sein Handy hatte frühmorgens geklingelt, aber er hatte es ausgeschaltet, ohne daraufzuschauen. Und dann hatten Caro und er sich im Bett vergraben, sie schliefen noch einmal ein, mal ineinander verschlungen, mal jeder auf seiner Seite, aber selbst dann berührten sich zumindest ihre Zehenspitzen.

»Lea weiß Bescheid. Sie hat eine Nachricht von Madeleine auf meinem Handy gelesen«, sagte Kai.

»Sie hat dich rausgeworfen?«, fragte Georg.

Kai sank in sich zusammen. Georg hatte seinen Freund noch nie weinen sehen, und er wusste nicht genau, wie er damit umgehen sollte. Er rieb ihm die Schulter.

»Komm rein, trink einen Kaffee mit uns«, sagte Georg.

Kai und Caro trafen das erste Mal aufeinander, er wünschte, es wäre unter anderen Umständen gewesen.

Kai putzte seine Nase, während Georg ihm eine Tasse Kaffee einschenkte.

»Für Lea ist eine Welt zusammengebrochen, sie wollte aufs Land ziehen und noch ein Kind«, sagte Kai.

»Kinder zu haben ist ein langer Weg, das merkt man erst nach ein paar Jahren, wenn man mittendrin steckt. Es zwingt einen, erwachsen zu werden. Und es lehrt einen, dass es nicht nur um einen selbst geht«, sagte Caro.

»Ich werde mich um mein Kind kümmern, um beide Kinder. Ich kann es nur nicht so, wie Lea es will«, sagte Kai. »Was soll ich machen, wenn ich sie nicht mehr liebe?«

Georg erinnerte sich, wie vor wenigen Jahren alles begonnen hatte zwischen Kai und Lea, wie er sie beneidet hatte um ihre Liebe, weil es zu der Zeit schweigsam zwischen ihm und Linda geworden war.

»Ich dachte nicht, dass ich mit Mitte vierzig zwei kleine Kinder von zwei Frauen haben würde«, sagte Kai.

»Wie haben wir uns überhaupt die Zukunft vorgestellt?«, fragte Georg. »Wir dachten, dass alles immer so weitergehen würde.«

»Irgendwann kommt die Verantwortung dazu. Entweder mit Kindern oder die Eltern werden älter und brauchen Hilfe. Und dann werdet ihr auch älter, Dinge ändern sich. Nichts ist gegeben, und alles kann morgen anders sein. Du und Madeleine, seid ihr zusammen?«, fragte Caro.

Georg gefiel, wie selbstverständlich die beiden miteinander sprachen, als würden sie sich schon lange kennen.

»Ich weiß es nicht. Sie sagt, dass sie nicht das klassische Modell leben will. Sie will nicht mit mir zusammenziehen. Aber sie will, dass ich als Vater das Kind miterziehe.«

Sie schwiegen. Der Morgen hatte so unbeschwert begonnen, dachte Georg.

»Kann ich erst einmal bei dir wohnen?«, fragte Kai.

»Ja, klar.«

Es klingelte an der Tür.

»Das muss Madeleine sein, sie wollte gleich vorbeikommen, als ich ihr erzählt habe, was passiert ist«, sagte Kai.

Er sprang auf und ließ sie herein. Georg wurde unwohl bei dem Gedanken, dass sich Caro und Madeleine in seiner Küche trafen, er hatte sie seit jener Nacht nicht mehr gesehen oder gesprochen.

Madeleine setzte sich zu ihnen an den Tisch. Georg überlegte, wie er erklären sollte, dass sie schon einmal hier gewesen war, falls sie zu erkennen gab, dass sie sich in seiner Wohnung auskannte. Er versuchte, Blickkontakt mit ihr aufzunehmen, sie schaute ihn nicht an. Sie nahm das Haargummi vom Tisch und spielte damit. Sie wirkte betrübt, auch wenn sie dieses Strahlen hatte, das er von den ersten Monaten von Lindas Schwangerschaften kannte. Er prüfte ob er eine Wölbung ihres Bauches sehen konnte, aber es war noch nichts zu erkennen. Wieder überlegte er, wann das angefangen hatte zwischen Kai und ihr. Er hatte Georg nur ein paar Wochen nach jener Nacht mit Madeleine davon erzählt. Also waren die beiden kurz danach zusammengekommen. Georg musste sie fragen, ob sie sich ganz sicher war, dass er nicht der Vater war.

»Ich hoffe, Lea kann uns irgendwann verzeihen, damit wir das mit den Kindern hinkriegen«, sagte Madeleine.

»Das braucht Zeit und Geduld«, sagte Caro bestimmt. Alle schauten sie an.

»Belas Vater hat mich auch für eine andere verlassen. Am besten lasst ihr erst mal nicht so sehr heraushängen, wie glücklich ihr seid.«

Madeleine fragte nach der Toilette. Die Gelegenheit für Georg.

»Ich zeige sie dir, ich muss sowieso etwas holen«, sagte er.

Er führte sie zum Gästebad am anderen Ende der Wohnung, flüsterte auf dem Weg.

»Woher weißt du, dass es sein Kind ist? Es muss sich nur um wenige Tage gehandelt haben, dass wir …«

»Ich weiß es sicher, es gibt keinen Zweifel, beruhige dich. Außerdem haben wir verhütet.« Sie grinste, zwinkerte ihm zu. »Ich denke, unsere Nacht bleibt zwischen uns, ich finde, das muss niemand wissen.«

»Danke«, sagte er und umarmte sie.

Als er sich wegdrehte, Madeleine gerade hinter sich die Tür zum Badezimmer geschlossen hatte, sah er Caro aus der Küche kommen.

»Ich muss mich um Anton kümmern«, sagte sie und zog ihre Jacke an.

Georg fühlte sich ertappt, versuchte in ihrem Gesicht zu lesen, ob sie etwas mitbekommen hatte.

»Dann treffen wir uns übermorgen bei dir, und ich helfe dir, Anton zu verladen.«

»Super.«

Sie beugte sich vor und küsste ihn auf die Stirn, bevor sie ging. Er hatte keine Ahnung, was sie dachte.

Kai machte in der Küche einen Tee, als lebte er schon hier.

»Sieht leer aus bei dir«, sagte er.

Georg erzählte ihm, dass er Lindas Sachen zum Sperrmüll gefahren hat, dass er es besonders um ihre Gemälde schade fand, aber Linda sie nicht wollte. Und dass er überlegt hatte, ihm die Babyausstattung zu geben, es aber als ein schlechtes Omen angesehen hat.

»Ist besser so«, sagte Kai. »Ich bin für einen Neuanfang.«

Madeleine kam zurück.

»Klappt das mit der Wohnung?«, fragte sie.

Georg schaute die beiden fragend an.

»Ich würde gerne mit Frau Lemke in eine WG ziehen«, sagte Kai.

»Das ist totaler Quatsch«, sagte Georg.

»Ich finde das eine großartige Idee«, sagte Madeleine.

»Ich brauche eine große Wohnung, in der meine Kinder ein Zimmer haben, und ich brauche Platz für meine Platten und Gitarren. Außerdem will ich, dass sie mit einer Oma aufwachsen. Das wäre wie Familie. Und du wärst auch ständig da, und du könntest endlich mal allein leben. Du hast noch nie allein gelebt, Georg.«

Georg überlegte.

»Im Moment sieht es danach aus, dass Frau Lemke in ein Pflegeheim ziehen wird.«

Georg hatte sich einen Espresso bestellt. Für das Gespräch mit seinem Vater brauchte er einen klaren Kopf. Er hatte ihn in das Café am Platz gebeten. Vor ihm der Markt, der hier an drei Tagen in der Woche stattfand, die Händler priesen die ersten Erdbeeren an, viel zu früh. Er wollte seinen Vater nicht mehr in seiner Wohnung treffen, und an einem öffentlichen Ort musste er sich zusammenreißen.

Georg sah auf der anderen Straßenseite seinen Vater den Sportwagen parken. Er und seine Freundin stiegen aus, ihre gelbblonden Haare leuchteten in der Sonne.

»Georg«, rief der Vater, als er ihn entdeckte, lief mit ausgebreiteten Armen auf ihn zu.

Georg erhob sich, versteifte, als der Vater ihn umarmte und ihm auf die Schulter klopfte. Er schüttelte Amanda, seiner Stiefmutter, die Hand. Der Vater bestellte eine Flasche Champagner.

»Wir haben etwas zu feiern!«

Georg freute sich darauf, ihm ins Gesicht zu sagen, dass es nichts werden würde mit dem Verkauf. Denn es war sein Haus, sein Leben, sein Geld, das er nicht hatte, aber das ging niemanden etwas an.

»Blass siehst du aus«, sagte der Vater, so erholt und braun gebrannt, als käme er direkt aus dem Urlaub. Amanda lächelte bei allem, was er sagte. Georg stellte sich vor, was sein Vater zu einer Frau wie Caro sagen würde, oder noch besser, was sie zu ihm sagen würde. Er lächelte bei dem Gedanken.

»Was gibt es denn zu feiern?«

Der Champagner kam, der Moment für den großen Auftritt seines Vaters. Im Stehen ließ der den Korken knallen, der Champagner schäumte, als er ihn in die Gläser goss. Der Vater und Amanda lächelten sich an, sie hatten denselben Bleichton für die Zähne gewählt, ein unnatürliches Weiß.

»Wir bekommen ein Kind und du eine Halbschwester«, sagte der Vater und stieß an Georgs Glas.

»Ich darf eigentlich gar nicht trinken«, sagte Amanda.

Erst jetzt bemerkte Georg ihren Bauch.

»Ach was, so ein Tröpfchen schadet doch nichts«, sagte sein Vater.

Amanda könnte Georgs Schwester sein. Was reizte sie an einem siebzigjährigen Mann?, fragte er sich. Ihm tat sein Geschwisterkind leid, bei der schwachen Mutter, die es nicht vor dem Vater beschützen können würde. Georgs Mutter war nicht zu schwach gewesen, sie hatte sich nur nicht für ihn interessiert. Er dachte daran, wie sie einfach den Raum verlassen hatte, ohne ihn anzuschauen, wenn der Vater sich in den Kopf gesetzt hatte, aus ihm einen Mann zu machen. Wenn er ihn gezwungen hatte, auf dem Wohnzimmerteppich Liegestütze zu machen. Wenn er ihn in die Seite getreten hatte, wenn er nicht mehr hochgekommen war.

»Gratuliere«, sagte Georg.

Der Vater legte seine Hand auf Amandas Bauch.

»Weiß Mutter davon?«, fragte Georg.

»Wir sind geschieden, ich muss ihr nichts erzählen. Und der andere Grund zum Feiern«, der Vater klatschte in die Hände, »ist der fabelhafte Deal, den ich für dich eingefädelt habe. Endlich bist du den alten Kasten los.«

Der Vater stieß erneut gegen sein Glas, Georg trank nicht. Das Angebot hatte wochenlang auf seinem Küchentisch gelegen, hatte ihn verführt und abgestoßen. Fünf Seiten Papier, die er schließlich in kleine Fetzen zerrissen hatte. Immer kleiner, bis er den Haufen Papierschnipsel in den Abfalleimer geworfen hatte. In den Restmüll, denn er fand, dass dieses Angebot nicht recycelt werden musste. Und er erinnerte sich, wie frei er sich danach gefühlt hatte und stark.

»Ich verkaufe nicht«, sagte er.

Der Vater stellte das Glas auf den Tisch, und Georg sah, dass er wütend wurde. Die Oberlippe zuckte, er runzelte die Stirn. Als Kind hatte er sich vor diesen Anzeichen gefürchtet, die für ihn fast schlimmer waren als der richtige Wutausbruch, der darauf folgte. Georg hatte alles getan, um seinen Vater nicht zu reizen. Und dann geschah es trotzdem, scheinbar ohne Grund, ohne Ankündigung konnte sich das Gewitter über ihm entladen, und er musste in Sekundenschnelle herausfinden, was er falsch gemacht hatte. Jetzt wartete er einfach ab, welches Schauspiel sich ihm darbieten würde. Der Vater schlug mit der Faust auf den Tisch, Georgs Glas kippte um. Amanda zuckte zusammen.

»Das ist total dumm. Du hast noch nie in deinem Leben eine kluge Entscheidung getroffen. Du kapierst es nicht. Das ist das beste Angebot, das du kriegen kannst. Wie willst du bei den Mieten das Haus sanieren?« Der Vater schwenkte beim Reden sein Glas in alle Richtungen. Ein paar Tropfen landeten auf Georgs Hose.

»Mach dir keine Sorgen, ich kriege das schon hin. Es ist mein Haus.«

»Du hast noch nie auf mich gehört, immer deinen eigenen Kopf durchgesetzt, auch wenn es Schwachsinn ist.«

Georgs Handy klingelte, Frau Lemke. Er drückte den Anruf weg.

»Opa hat mir das Haus vererbt, damit es nicht verkauft wird, und daran halte ich mich.«

»Wir gehen.«

Der Vater stand auf, warf einen Hunderteuroschein auf den Tisch und beugte sich ganz nah an Georgs Gesicht.

»Bitte mich nicht um Hilfe, wenn du in Schwierigkeiten steckst.«

Georg roch den Alkohol in seinem Atem.

Sein Handy klingelte erneut, er drückte den Anruf wieder weg.

»Keine Sorge«, sagte Georg.

Der Vater und Amanda drehten ab. Georg schenkte sich noch ein Glas ein und trank es in einem Zug aus. Ihm war bewusst, dass alle Blicke auf ihm lagen, aber das machte ihm nichts aus. Als Kind hatte er es nur schwer ausgehalten, wenn sich solche Szenen in der Öffentlichkeit abgespielt hatten, wenn sich die Eltern lautstark gestritten oder wahlweise ihn beschimpft hatten. Er blickte seinem Vater nach und Amanda, die ihm hinterherlief. Wie wenig er doch Vater und wie sehr Geschäftsmann war, schon immer gewesen war. Seine kleine Stiefmutter würde sich jetzt die Hasstiraden anhören müssen, und wieder fragte er sich, warum sich Frauen auf solche Typen einließen. Das Auto röhrte, der Vater drückte das Gaspedal mehrmals ohne Gang durch, bevor er anfuhr.

»Habt ein schönes Leben«, sagte Georg.

Er schenkte sich den Rest Champagner ein. Frau Lemke hatte schon wieder angerufen. Es musste etwas Dringenderes sein als die Bitte, ihr etwas aus der Wohnung an die Ostsee mitzubringen. Am Abend zuvor hatte sich Georg mit Frau Lemkes Schlüssel in die Wohnung geschlichen, weil sie ihm Anweisungen gegeben hatte, welche Kleidung sie noch benötigte. Georg hatte bis weit nach Mitternacht gewartet, bis das Haus und die Stadt ruhig wurden, erst dann hatte er sich in die Wohnung gewagt, wie ein Verbrecher mit einer Taschenlampe, hatte gehofft, dass Frau Meyer ihn nicht entdecken würde. Frau Meyer, deren Kinder am Telefon gesagt hatten, sie würden sich kümmern, sie hätten nicht mitbekommen, wie es um ihre Mutter stand. Seitdem war sie noch giftiger zu ihm.

»Georg«, sagte Frau Lemke, als sie ans Telefon ging. »Du musst mich hier rausholen.«

Ihre Stimme klang verzweifelt.

»Ich kann Sie nicht entführen«, sagte er. Der Champagner stieg ihm zu Kopf.

»Ich muss sofort hier weg, sonst werde ich verrückt. Hier sind nur alte Leute, die über ihre Krankheiten sprechen. Ich kann auch zu Hause Physiotherapie machen.«

»Ich kann nichts unternehmen, wenn Wolfgang nicht zustimmt.«

Wolfgang war untergetaucht, agierte aus dem Hintergrund, meldete sich ab und zu bei seiner Mutter. Für Georg war er nicht erreichbar.

»Es ist mir egal, hol mich hier ab.«

»Frau Lemke, das geht nicht so einfach.«

»Ich will nach Hause, Georg. Ich meine es ernst.«

Jetzt klang sie nicht mehr verzweifelt, sondern so resolut, wie er Frau Lemke kannte. Er trank sein Glas aus.

»Dann müssen wir die Vormundschaft zurückerstreiten.«

Wenn er sich gegen seinen Vater zur Wehr setzte, konnte er auch den Kampf gegen Wolfgang aufnehmen.

»Wann kannst du kommen?«, fragte sie.

»Morgen wollten wir Sie auf dem Weg nach Rostock doch sowieso besuchen, dann nehmen wir Sie eben mit.«

»Ich fange an zu packen.«

Der Weg aus der Stadt führte über verstopfte Autobahnen, kreisende Abzweigungen, bis die Häuser auf einmal kleiner wurden, die Straßen breiter. Kurz hinter der Stadtgrenze war Land, dehnte sich der Himmel ungestört aus. Georg schaute in die Weite, die ihn immer verblüffte, wenn er aus der Stadt herausfuhr. Er nahm sich jedes Mal vor, dies öfter zu tun, wusste aber zugleich, dass er es vergessen würde, sobald er zurück zu Hause war.

Die Sonne brannte durch die Windschutzscheibe, Georg war heiß, und er hatte das Gefühl, in Caros Auto hinge immer noch der Geruch des toten Löwen. Anton saß hinten auf der Ladefläche, präpariert und gekämmt, fast schöner als zu Lebzeiten. Sie hatten ihn mit Seilen fixiert, er war viel leichter als vorher, Caro hatte seinen Körper aus einer Styropormasse geformt. Sie trug ihre Sonnenbrille und ihren Blaumann, der an ihr modisch wirkte. Georg spürte seinen Kopf, er hatte gestern zu viel Champagner getrunken und dann bei Caro noch mehr Alkohol, als sie Belas schriftliche Abiturprüfungen gefeiert hatten. Er mochte Caros Wohnung, sie war ordentlich und strukturiert wie ihre Werkstatt, sogar die Tiere, die auf den Regalen und Kommoden saßen, eine Amsel auf der Ablage über der Spüle, störten ihn nicht. Wenn er Bela und Caro zusammen erlebte, wünschte er sich, er wäre als Teenager so locker und aufgeschlossen gewesen wie Bela. In seinem Alter hatte Georg eine Verpflichtung gespürt, Karriere machen zu müssen, aber er kam nicht darauf, was es sein könnte, wusste nur, was es alles nicht war. Zum Beispiel Jura, wie es seinem Vater vorgeschwebt hatte.

Auch Caro war angespannt, beim Schalten drückten sich die Sehnen auf ihrem Arm durch. Sie hatte ihm erzählt, wie wichtig ihr der Wettbewerb war. Der Preis, den sie schon vor zehn Jahren für ihr letztes Projekt verdient hätte. Sie war überzeugt, dass sie nur nicht gewonnen hatte, weil sie eine Frau war in diesem von Männern dominierten Beruf, die alles unter sich ausmachten. Georg beobachtete sie, sie fuhr konzentriert, auf ihrer Unterlippe kauend. Er war sich nicht sicher, ob sie wegen der Meisterschaft nervös war oder wegen der Entführung, die sie planten.

»Ich weiß übrigens, dass da mal was zwischen dir und Madeleine gelaufen ist«, sagte sie.

Darauf war er nicht vorbereitet.

»Ich habe es gleich gemerkt, als sie in die Küche kam. Du wurdest unruhig.« Sie machte eine Pause. »Und dann natürlich die Sache vor dem Badezimmer.«

Er spielte mit dem Reißverschluss seiner Jacke, konnte Caro nicht anschauen.

»Es war vor dir und bevor Kai und Madeleine zusammengekommen sind. Und nur eine Nacht.«

»Ich will das gar nicht wissen. Mir geht es um Kai. Es wäre schrecklich für ihn, wenn er es irgendwann herausfinden würde.«

Die Sonne blendete, durchleuchtete ihn.

»Madeleine und ich haben ausgemacht, dass es unter uns bleibt.«

»Und das Kind ist nicht von dir?«

»Ja.«

»Na, dann.« Nach einer Pause: »Ich will nur nicht, dass du denkst, ich würde so etwas nicht mitbekommen.«

»Okay.«

Er versuchte sich zu beruhigen, wäre am liebsten aus dem Auto gestiegen und ziellos über einen der Äcker gelaufen, die sich links und rechts von ihnen ins Unendliche erstreckten.

Sie fuhren von der Autobahn, das Navi führte sie auf Nebenstraßen und noch kleinere Landstraßen. Schließlich sahen sie das Meer und waren beide aufgeregt, überlegten, ob sie kurz anhalten sollten, um mit nackten Füßen im Sand zu laufen. Doch sie fuhren weiter, Frau Lemke hatte Georg schon zweimal angerufen.

Ihr Ziel war ein Betonklotz am Strand, dem die DDR-Plattenbauweise trotz Renovierung anzusehen war. Sie parkten, schworen sich ein, dass sie cool bleiben, dass sie das durchziehen würden. Dann folgten sie der Beschreibung, die Frau Lemke ihnen gegeben hatte. Sie gingen grüßend an der Rezeption vorbei, die Frau blickte noch nicht einmal auf. Georgs Herz klopfte, er guckte sich um, erwartete hinter jeder Ecke, Wolfgang zu sehen. Doch er sah nur Leute mit weißen Haaren und beiger Kleidung. Georg verstand, was Frau Lemke meinte. Im Aufzug drückten sie ihre Hände, auch Caro war aufgeregt, merkte er, ihre Hand war feucht. In der vierten Etage stiegen sie aus. Sie grüßten die Reinigungskraft im Gang, als lebten sie dort, auch wenn sie nicht danach ausschauten. Endlich standen sie vor Zimmer 463. Frau Lemke öffnete ihnen.

»Ich habe euch kommen gehört«, sagte sie.

Sie lief an Krücken, sehr langsam, sie hatte ihm am Telefon erzählt, dass sich ihr Zustand verschlechtert hatte. Auf dem gemachten Bett wartete ihre gepackte Tasche.

»Wolfgang willigt nicht ein, dass ich gehe. Er sagt, ich muss die Reha beenden, sonst nimmt mich das Pflegeheim nicht.«

»Haben Sie ihm gesagt, dass Sie dort nicht hinwollen, dass Sie in Ihrer Wohnung bleiben wollen?«, fragte Caro.

Frau Lemke setzte sich auf das Bett. Sie wirkte zerstreut, als wäre sie gar nicht richtig da.

»Er hört mir nicht zu.«

»Wenn wir jetzt hier rausgehen, wird die Polizei nach uns suchen«, sagte Georg.

»Ich werde ihnen sagen, dass ich aus freien Stücken gegangen bin, es ist mein Wille.«

Caro stand am Fenster, rieb ihren Nacken, wie sie es tat, wenn sie nachdachte. Er spürte, dass ihr die Sache nicht gefiel, sie war ein Mensch der klaren Worte. Sie drehte sich zu ihnen.

»Wir müssen mit Wolfgang reden. Aber erst einmal müssen wir zu meinem Wettbewerb nach Rostock.«

Caro verließ als Erste das Zimmer und trug Frau Lemkes Reisetasche. Georg und Frau Lemke folgten ihr nach einer Viertelstunde. Sie lief langsam mit ihren Krücken, rollte den Fuß kaum ab und schonte so ihre Hüfte. Sie verneinte, als er fragte, ob sie Schmerzen habe. Niemand hielt sie auf, Frau Lemke grüßte hier und da einen Pfleger, winkte der Frau an der Rezeption zu, sagte: »Mein Sohn.«

Georg lächelte.

»Freiheit«, sagte Frau Lemke, als sie aus dem Gebäude traten.

Sie blieb stehen, schnaufte durch, er wusste nicht, wie er ihr helfen konnte.

»Schaffen Sie es? Oder soll ich nach einem Rollstuhl schauen?«

»Weiter.«

Auf dem Kiesweg zum Parkplatz zu laufen, war beschwerlicher für sie. Aber sie gewann Auftrieb, als sie Caro erblickte, die telefonierend vor dem Auto auf und ab lief. Sie kam ihnen entgegen, stützte Frau Lemke auf der einen Seite, er stützte die andere und nahm die Krücken. Schritt für Schritt brachten sie Frau Lemke zum Wagen, setzten sie auf die Rückbank und reichten ihr Wasser.

»Schnell weg hier«, sagte Frau Lemke.

Stille im Auto, als sie anfuhren. Erst als das Gebäude im Rückspiegel verschwunden war, lachten sie, erst ein Giggeln von der Rückbank und dann schallend laut alle drei.

»Das ist so aufregend«, sagte Frau Lemke. »Ihr entführt mich mit einem Löwen auf der Ladefläche. Ich habe mich schon lange nicht mehr so lebendig gefühlt!«

Sie fuhren die schmale Straße am Strand entlang, fädelten sich auf die Autobahn Richtung Rostock ein. Georg überlegte, ob es sich wirklich um eine Entführung handelte, wenn es auf Wunsch der Entführten geschah, auch wenn ihr die Vormundschaft und damit ihr eigener Wille aberkannt worden war. Wolfgang würde ihnen die Polizei auf den Hals hetzen, sobald er mitbekam, dass Frau Lemke die Reha verlassen hatte.

Georg drehte sich zu Frau Lemke, sie war eingeschlafen. Er sah das junge Mädchen von den Fotos in ihrem Gesicht. Er kurbelte das Fenster herunter, nur einen Spalt, damit es nicht bei Frau Lemke zog, er aber etwas Fahrtwind abbekam.

Sie hielten vor einer Lagerhalle am Hafen. Georg hatte sich den Ort für die Meisterschaft glamouröser vorgestellt. Frau Lemke schlief noch. Er weckte sie, Caro verschwand in der Halle und holte ihnen Kaffee.

»Ich habe einen guten Ausstellungsplatz bekommen, und es steht auch schon ein Stuhl für Sie bereit, Frau Lemke.«

Sie tranken den Kaffee. Frau Lemke zog einen Handspiegel aus ihrer Tasche, richtete ihr Haar, zog ihre Lippen in einem Korallenton nach.

»Wir können«, sagte sie.

Sie stützte sich auf seinen Arm, an dem anderen hatte sie eine Krücke. Er hatte das Gefühl, dass sie sicherer lief. Tiere wurden durch die Gänge geschoben, links und rechts von ihnen die Ausstellungen aufgebaut. Sie wichen einem Wasserbüffel aus. Jemand rollte eine Fototapete mit einem reißenden Fluss aus, die gehörte hinter einen Bären, der mit seiner Pranke einen Lachs zerfleischte. Sie befanden sich in einem Zoo. Georg konnte nicht glauben, dass er hier seinen Tag verbringen musste. All die starren Glasaugen um ihn herum, das Fell, das im Licht glänzte, die Krallen und gefletschten Zähne. Es war ein Zoo der toten Tiere.

Frau Lemke war fasziniert von dem Treiben, wäre am liebsten überall stehen geblieben und hätte sich unterhalten. Sie hatten Mühe, sie an ihren Platz zu bringen. Sie ließen sie auf dem Stuhl zurück, ermahnten sie, von ihrem Wasser zu trinken, und holten den Löwen.

Caro gab Georg kurze Kommandos, wo er anheben, wann er warten und loslassen sollte. Er hatte akzeptiert, dass er sich immer ungeschickt fühlen würde, wenn er mit ihr zusammenarbeitete. Schließlich saß der Löwe sicher auf dem Trolley, und sie zogen ihn durch die Halle. Es schien Georg wie ein Siegeszug, Antons Ausdruckskraft und Natürlichkeit überstrahlten die anderen Tiere, die zwar handwerklich gut gemacht waren, soweit Georg das beurteilen konnte, aber Caros Löwe hatte Persönlichkeit. Georg sah an Caros erhabenem Gang, ihrem in sich gekehrten, wissenden Lächeln, dass sie stolz war. Sie hatte alles richtig gemacht, indem sie keine spektakuläre Pose gewählt hatte.

Georg half ihr beim Aufbau, sie hatten Sand mitgebracht und Lichter, sodass Anton aussah, als säße er in der Steppe. Danach zog sich Georg zu Frau Lemke zurück, die von ihrem Stuhl aus alles beobachtet und ihnen Tipps gegeben hatte. Er merkte, dass er den Tag mit den toten Tieren aushalten konnte. Nur den Geruch fand er ein wenig streng.

Wolfgang hatte mehrfach bei ihm und bei Frau Lemke angerufen, und sie gestanden sich, dass sie beide nicht gewagt hatten ranzugehen. Auf ihren Mailboxen fanden sie wütende Nachrichten. Wolfgang wusste, dass sie zusammen die Reha verlassen hatten, die Videoaufnahmen zeigten auch eine Frau, die Polizei war verständigt. Sie schalteten ihre Handys aus. Trotz der Drohungen sah Frau Lemke glücklich aus. Vielleicht verstand sie die Gefahr nicht ganz, in der sie sich befand. Georg hielt Ausschau nach der Polizei, wusste aber nicht, was er machen sollte, falls sie auftauchte. Wegrennen war schwierig, ebenso die Situation erklären. Frau Lemke rief Caro immer noch Komplimente zu, dass Anton der schönste Löwe sei, den sie jemals gesehen habe, und es ein Leichtes sein würde, die Meisterschaft zu gewinnen. Sie wirkte adrenalinbeschwipst. Georg wurde klar, dass Frau Lemke unter Leute musste, dass sie nicht mehr allein in ihrer Wohnung mit ihrer toten Katze wohnen sollte. Sie blühte auf, wenn sie mit anderen zusammen war. Doch es mussten jüngere Leute sein, mit denen sie sich umgab, ihre Generation langweilte sie.

Die Preisrichter fanden sich bei ihnen ein. Zumindest nahm Georg an, dass es die Preisrichter waren, weil sie Anzüge trugen und Anton begutachteten. Sie befühlten ihn, nickten sich zu, steckten ihre Köpfe zusammen, füllten ihre Listen auf den Klemmbrettern aus. Caro stand daneben. Georg sah, wie fest ihre Hand das Wasserglas umschloss, sah das Weiß ihrer Gelenke, und auch er war angespannt, seine Hände lagen zu Fäusten geballt auf seinen Oberschenkeln. Er beobachtete, wie einer der Männer Caro etwas fragte, wie sie mit ausladenden Armbewegungen erklärte. Aber sie lächelte, und das zeigte ihm ihr Selbstvertrauen. Sie hatte den Preis verdient, dachte er, denn sie war eine Magierin, die mit ihren Händen Tiere zurück ins Leben holen konnte, das würde er ihnen gern sagen.

»Ich weiß, dass Wolfgang pleite ist«, sagte Frau Lemke.

Georg blickte weiter zu Caro, er wollte nichts verpassen von ihrem großen Auftritt. Ausgerechnet jetzt, so weit entfernt von zu Hause, diese Ehrlichkeit zwischen ihnen.

»Seit wann wissen Sie es?«

»Schon als er mit der Idee ankam, dass ich zu ihm nach New York ziehen soll. Das steht alles im Internet, Georg, das kann man nachlesen.«

Er verstand nicht, warum sie wie ein geblendetes Reh auf der Straße gestanden hatte, bereit, sich überrollen zu lassen.

»Frau Lemke, wir brauchen eine Aussprache mit Wolfgang, und wir müssen einen Anwalt einschalten.«

Frau Lemke schüttelte den Kopf. »Lass uns später darüber reden.«

Caro kam zu ihnen, ihre Wangen glühten, sie war noch immer aufgeregt.

»Und was meinst du?«, fragte er.

»Keine Ahnung, sie lassen sich nicht in die Karten schauen. Aber ich habe ihnen die beste Präsentation meines Lebens gegeben.«

»Du wirst den Preis gewinnen, ich habe das im Gefühl«, sagte Frau Lemke.

Aus dem Fenster ihres Hotelzimmers im zehnten Stockwerk sahen sie das Meer. Das Fenster erfüllt von der Ostsee, die ihnen einen ihrer farbenprächtigsten Sonnenuntergänge zeigte. Sie hatten nicht darüber gesprochen, aber es war klar, dass sie alle in einem Zimmer schlafen würden. Sie ließen sich auf die Betten fallen, Caro mit Frau Lemke auf das Doppelbett und Georg auf das Einzelbett. Gern hätte Caro auch den Löwen mitgenommen, aber sie mussten ihn über Nacht in der Ausstellungshalle lassen. Abgebaut werden durfte erst am nächsten Tag, nach der Preisverleihung. Sie hatten auf Caros Namen eingecheckt, falls Georg und Frau Lemke gesucht wurden. Sie beobachteten das Farbenspiel und ließen den Tag Revue passieren. Die Entführung, wie sie es scherzhaft nannten, Antons großen Auftritt, ihre Angst, als zwei Polizisten durch die Ausstellungshalle gelaufen waren. Wie sie hastig aufgebrochen waren.

Georg und Frau Lemke ließen ihre Handys ausgeschaltet, sie fanden mit Caros heraus, dass sie gesucht wurden. Er und Frau Lemke namentlich, Caro nur per Foto. Man hatte ein Bild gewählt, auf dem er und Caro Frau Lemke auf dem Parkplatz der Rehaklinik unterhakten, es wirkte, als würden sie die arme alte Frau zwingen, mit ihnen zu kommen.

»Mist«, sagten sie gleichzeitig.

»Was machen wir jetzt?«, fragte Frau Lemke und rollte sich auf dem Bett ein.

»Sie müssen Wolfgang anrufen und für morgen einen Termin vereinbaren. Und wir bestellen einen Anwalt dazu«, sagte Georg.

Frau Lemke verbarg ihr Gesicht hinter ihren Händen.

»Ich habe so viele Fehler gemacht mit Wolfgang. Ich dachte, ich könnte alles wiedergutmachen.«

»Wir versuchen als Eltern immer das Beste, aber wir sind auch nur Menschen, und Menschen machen Fehler«, sagte Caro.

Sie deckte Frau Lemke zu, die Klimaanlage blies kalt in den Raum.

»Ich rufe Wolfgang an«, sagte Georg.

Es blieb keine Zeit zum Zögern, die Lage war ernst. Er zog sich in das Badezimmer zurück, denn mit Frau Lemke im Raum fühlte er sich gehemmt. Wolfgang ging ran, nach so vielen Diskussionen, die Georg gedanklich mit ihm geführt hatte, erschien es ihm unwirklich, Wolfgangs Stimme zu hören.

»Was hast du mit meiner Mutter gemacht?«

»Ihr geht es gut, sie wollte da raus. Wir treffen uns morgen um 10 Uhr in ihrer Wohnung, um alles zu besprechen.«

Wolfgang stöhnte.

»Ich habe keine Zeit für euren Quatsch. Ich muss morgen zurück nach New York, dringend, und ich will das erledigt haben.«

»Wir können morgen alles klären. Deine Mutter möchte nicht in ein Heim.«

»Das bestimmst nicht du.«

»Morgen um 10 Uhr.«

Georg legte auf. Er hoffte, Wolfgang würde zu dem Termin kommen. Mit seinem Anwalt besprach er, wie er Frau Lemke vor dem Pflegeheim bewahren konnte. Wenn Wolfgang sich nicht auf Georgs Vorschläge einließ, meinte der Anwalt, würde es schlecht aussehen. Georg schaltete das Handy aus und ging zu den anderen zurück. Im Zimmer streichelte Caro Frau Lemke den Rücken.

»Ich möchte nicht, dass er denkt, dass ich ihn nicht liebe«, sagte Frau Lemke.

Vor ihrem Fenster spannte sich der Nachthimmel auf, die Sterne waren zum Greifen nah. Georg öffnete das Fenster, sie hörten Meeresrauschen. Es war so eine Nacht wie früher, wenn man sich im Schutz der Dunkelheit Geheimnisse erzählte.

»Manchmal kann man es nicht wiedergutmachen. Egal was ich mache, ich kann die Vergangenheit nicht ändern«, sagte Frau Lemke.

Georg lauschte in die Nacht, versuchte zu verstehen, was Frau Lemke sagte, was sie ihnen sagen wollte. Die Bilder funkelten vor ihm auf wie Sterne. Frau Lemke als junges Mädchen im Arm ihres Schwagers. Wolfgang in der Küche drohend über ihr, sie zusammengekauert auf dem Steinboden. Das Bild des Schwagers, die stechenden Augen, die Wolfgangs Augen so ähnlich waren.

Das Meer rauschte, der Wind blies um das Haus.

Frau Lemke erzählte von ihrer Schwester, wie sehr sie sie geliebt hat, weil doch die Mutter immer in ihrem

Zimmer liegen wollte, wegen des Krieges, und deshalb die viel ältere Schwester sich um sie gekümmert hatte, dabei war sie selbst noch so jung gewesen. Frau Lemke erzählte, wie sie sich nachts, wenn sie Bomben hörte, bei ihrer Schwester verkrochen hatte, oder, wenn sie es nicht rechtzeitig in den Bunker geschafft hatten, zusammen unter dem Türbalken saßen, weil dort das Haus am stabilsten sein sollte.

»Ich vermisse sie so sehr«, sagte Frau Lemke. »Man sagt, es tut mit der Zeit weniger weh, aber meine Sehnsucht nach ihr ist immer größer geworden. Ich hoffe, sie verzeiht mir.«

Er spürte, wie sie in ihren Erinnerungen versank, abtauchte in vergangene Jahrzehnte, die wie die Sterne vor ihnen immer noch aufleuchteten, aber längst verloschen waren.

Er sah das junge Mädchen von dem Foto, sah sie in ihrem Petticoat auf einem Ball Mitte der fünfziger Jahre, sah ihre verstohlenen Blicke zu ihrem Schwager, für den sie geschwärmt hatte, seit sie ein kleines Mädchen war, was sie sich aber immer versagt hatte, weil sie ihre Schwester so liebte und es nicht sein durfte. Georg sah seine Blicke auf die Schwester seiner Frau, auf das Mädchen, das, ja, über Nacht schien es gewesen zu sein, erblüht war, und Georg konnte fühlen, wie beide kämpften, nicht nachzugeben, und wie es dann doch geschehen war, als sie alleine waren, die Schwester bei einem ihrer Klinikaufenthalte, von denen Frau Lemke Georg erzählt hatte. Er sah, wie sie sich schworen, dass es nie wieder passieren durfte, und Frau Lemke einwilligte, den Kollegen ihres Vaters zu heiraten, eine sichere Partie, wie man ihr geraten hatte. In dieser Situation blieb ihr nichts anderes übrig. Es musste schnell gehen mit der Hochzeit, weil das Kind in ihr wuchs, ebenso wie die Schuld, die sie mit niemandem teilen konnte. Auch nicht mit dem Schwager, der noch tiefer dem Alkohol verfiel. Georg sah sie, als Wolfgang geboren wurde, ein strammes Baby, dafür, dass er so früh kam. Wie alle staunten. Und wie er von Anfang an seinem Onkel ähnlich sah. Ein Zeugnis des Verrates, offensichtlich, und doch wurde nie darüber gesprochen, weil niemand die Ungeheuerlichkeit benennen wollte. Und doch wusste es jeder, der Wolfgang anschaute. Wie aus dem Gesicht geschnitten. Und er sah Wolfgang, den kleinen Jungen, unschuldig in die Schuld hineingeboren, der spürte, dass er ein Problem war, etwas, das nicht sein durfte. Der Vater, der nicht der Vater war, zog sich in den Ohrensessel hinter seine Zeitung zurück und schwieg, bis er starb.

Die Bilder erloschen. War es so, Frau Lemke?, fragte er sich. Sie war eingeschlafen. Die Vergangenheit sitzt in uns, sie lässt sich nicht abschütteln. Aber die Gegenwart ist auch in uns, wir können sie formen, dachte er.

Caro trug ein schwarzes Kleid mit Mohnblumen, sie stach aus der Menge heraus, nicht nur wegen ihrer Größe. Georg beobachtete sie von der Sitzgruppe in der Lobby aus, auf der Frau Lemke und er warteten, während sie auscheckte. Er rieb seine müden Augen. Die Nacht hatte er kaum geschlafen, er wechselte zwischen Wachen und unruhigen Träumen, an die er sich nicht klar erinnerte, die aber ein bedrohliches Gefühl hinterlassen hatten. Als hätte sich etwas über ihn gelegt, das jeden Moment zudrücken könnte. Beim Klingeln des Weckers hatte er das Gefühl, überhaupt nicht geschlafen zu haben. Den müden Gesichtern von Frau Lemke und Caro nach zu urteilen, war es ihnen nicht anders ergangen. Beim Frühstück aßen sie kaum, er trank mehrere Tassen Kaffee. Filterkaffee, den er nicht mochte. Er steckte sich ein Minzbonbon in den Mund, um den Geschmack zu überdecken. Spielte mit der Zunge damit, schob es vor die Schneidezähne, die Minze an dem oberen Zahnfleisch fühlte sich erfrischend an. Er klebte das Bonbon an den Gaumen.

Frau Lemke hatte ihre Augen geschlossen und hielt ihr Gesicht in die Sonne. Er hoffte, sie würde den Tag gut überstehen.

Zwei Polizisten betraten das Hotel, sie wirkten fehl am Platz in ihren Uniformen inmitten der sommerlich gekleideten Gäste. Georg versank in seinem Sessel. Damit hätte er um sieben Uhr morgens nicht gerechnet. Er beobachtete, dass die Beamten am Empfang warteten, bis sie an der Reihe waren. Ob Caro nervös wurde, konnte er nicht erkennen. Sie drehte sich von ihnen weg und wartete auf den Hotelangestellten, der ihre Kreditkarte hatte. Georg tippte Frau Lemke an.

»Wir müssen hier raus«, flüsterte er, zeigte auf die Beamten.

Frau Lemke rieb sich die Augen, klopfte auf ihre Beine, als wolle sie sie wecken. Georg nahm die beiden Reisetaschen, Frau Lemke stützte sich auf ihre Krücken, und sie gingen zum Auto. Dort warteten sie. Beide sprachen nicht, blickten abwechselnd auf den geteerten Boden des Parkplatzes und in die Richtung, in der sie hofften, Caro würde bald erscheinen. Allein.

Endlich kam sie.

»Hier seid ihr«, rief sie. »Warum seid ihr so schnell raus, ohne mir Bescheid zu sagen?«

»Die Polizei.«

»Die waren nicht wegen uns da«, sagte Caro. Sie standen sich alle drei gegenüber. »Wir sollten uns beruhigen, es hilft nicht, wenn wir die Nerven verlieren.«

Frau Lemke fuhr sich durch die Haare. Georg sagte nichts, Caro hatte recht. Er verstaute die Krücken und die Taschen im Auto. Sie hatten sich bei Wolfgang gemeldet und würden sich mit ihm aussprechen. Er hatte keinen Grund mehr, sie suchen zu lassen.

»Wir holen jetzt Anton und fahren zurück«, sagte Caro und startete das Auto.

»Es tut mir leid, dass wir die Preisverleihung verpassen«, sagte Georg. »Ich habe nicht nachgedacht, als ich 10 Uhr vorgeschlagen habe, ich dachte nur, dass wir schnell zurück und das klären müssen.«

Caros Augen waren wieder hinter ihrer großen Sonnenbrille versteckt.

»Es ist okay«, sagte sie in einem Ton, der für ihn beherrscht klang. »Wenn sie mir einen Preis geben wollen, können sie das tun, ich muss ja nicht dabei sein.«

Nach einer Pause sagte sie: »Anton hatte seinen großen Auftritt.«

»Ja, den hatte er«, sagte Georg. »Wir können auch mit dem Zug zurückfahren, und du bleibst hier.«

»Das können wir Frau Lemke nicht zumuten. Wir ziehen das jetzt gemeinsam durch.«

Frau Lemke schwieg auf der Rückbank. Als sie bei der Halle ankamen, wartete sie im Auto. Sie klagte nicht über Schmerzen, aber er sah es ihr an. Sie mussten in Berlin sofort zu einem Arzt gehen. Physiotherapie, alles, was nötig war.

Georg begleitete Caro hinein. Sie handelte bestimmt, er konnte keine Anzeichen von Reue erkennen, doch er fühlte sich schuldig. Es war ihr großer Tag, und er hatte es vermasselt. Sie hoben den Löwen auf den Trolley, sicherten ihn. Caro erklärte den anderen Ausstellern, die nach ihrem plötzlichen Aufbruch fragten, und auch zwei der Organisatoren, die darauf hinwiesen, dass ein Abbau noch nicht erlaubt sei, sie müsse wegen einer Familienangelegenheit dringend nach Berlin zurück. Das war es ja auch, dachte Georg. Eine Familienangelegenheit.

Anton hatte einen würdigen Abgang, sie zogen ihn hinaus, noch einmal strahlte er, wie ein König wurde er von allen bewundert.

»Es ist wirklich okay«, sagte Caro, während sie den Löwen auf der Ladefläche sicherten. »Hör auf, so zu gucken.«

»Du hättest den Preis verdient. Anton war der Beste von allen.«

Während der Fahrt checkte Georg seine Nachrichten. Kai schrieb, dass die Polizei bei ihnen geklingelt habe.

Reden, dachte Georg, sie mussten endlich mit Wolfgang reden, die Dinge klären.

Er schrieb Kai, sie seien auf dem Rückweg. Aussprache heute mit Wolfgang.

Georg solle daran denken, dass es ihm ernst sei mit der WG und Frau Lemke. Er stelle sich gern vor, schrieb Kai.

Es war Papa-Wochenende, wusste Georg, sie waren in seiner Wohnung, die nicht mehr Lindas und seine Wohnung war, aber auch noch nicht seine, denn im Moment war sie vor allem halb leer. Und nun begann Kai, sich darin auszubreiten. Er dachte, dass es gut war, dass Vater und Tochter erst einmal allein gewesen waren. Hannah-Luna nahm die Trennung schwer, weinte abends nach ihrem Vater. Fragte, warum er nicht mehr nach Hause komme, hatte Kai erzählt.

Kai schrieb: *Wenn Wolfgang der dicke Typ mit Halbglatze ist, dann bin ich ihm gerade im Treppenhaus begegnet.*

»Wolfgang ist zurück«, sagte Georg. »Er ist in der Wohnung.«

Die Zeichen standen gut, dass das Treffen stattfinden konnte. Showdown in Frau Lemkes Küche. Sie würden kurz vor 10 Uhr in Berlin ankommen, er würde keine Zeit haben zu duschen. Er war verschwitzt. Am Morgen hatte er festgestellt, dass er zu wenige T-Shirts eingepackt hatte, und musste eins vom Vortag anziehen. Er roch den Löwen daran.

»Ich will das alles nicht«, sagte Frau Lemke. »Er kann das Geld haben, ich gebe ihm sein Erbe. Ich will zu Hause bleiben.«

Das wäre eine Idee, dachte Georg.

»Sollen wir ihm vorschlagen, dass Sie die Vormundschaft zurückbekommen, ich mich um Sie kümmere und Wolfgang sein Erbe ausbezahlt bekommt?«, fragte Georg.

»Ja, das klingt gut.«

»Dann rufe ich jetzt den Anwalt an.«

Georg spürte die Hitze, die das Blech erwärmte und sich im Innenraum staute. Es war Mai und schon so heiß, aus dem Gebläse strömte lauwarme Luft. Am Handy besprach er mit dem Anwalt die Details, ließ sich aufklären, was ging und was nicht, worauf er achten musste. Der Anwalt würde nicht dabei sein können bei dem Treffen, aber Georg fühlte sich sicher.

In seinem Kopf ging er das Gespräch mit Wolfgang durch, antwortete kühl, aber bestimmt, ließ sich nicht von Gemeinheiten provozieren, die Wolfgang so gut platzieren konnte. In Gedanken kam er Frau Lemke zu Hilfe, wenn sie einknickte, wenn sie sich nicht durchsetzen konnte, wenn sie zu einer kleinen, alten, schwachen

Frau werden würde. Dann würde er sich aufschwingen und die Punkte für sie zurückholen. Am Ende hatte Wolfgang in Georgs Gedankengesprächen eingesehen, dass es für Frau Lemke das Beste war, in ihrer gewohnten Umgebung zu bleiben, und Wolfgang hatte ihm dafür gedankt, dass Georg die Verantwortung übernehmen würde. Fast schon spürte er Wolfgangs Hand auf seiner Schulter, eine dankbare Geste, nachdem sie sich geeinigt hatten.

Frau Lemke setzte Ruthchen auf ihren Platz. Sie hatte darauf bestanden, sie auf dem Weg nach Hause in der Werkstatt abzuholen. Caros Vater hatte sie gewaschen und repariert, das Fell sah aus wie vorher. Georg hätte die Zeit lieber für eine Dusche genutzt. Wolfgang wartete bereits in der Küche auf sie, die unbewohnt wirkte. Alle Schränke waren leer, die Türen standen offen. Große gefüllte Müllsäcke in der Ecke.

»Was hast du mit meiner Wohnung gemacht?«, fragte Frau Lemke.

Zum ersten Mal hörte Georg Ärger in ihrer Stimme, wenn sie mit ihrem Sohn sprach, und nicht die übliche Demut.

Wolfgang räusperte sich. Er saß auf dem Platz am Küchentisch, Georgs Platz, an dem er vor einigen Wochen seinen Geburtstag mit Frau Lemke gefeiert hatte. Wolfgang hatte Kaffee vorbereitet, Georg fand ihn zu bitter und trank nur kleine Schlucke, bei jedem in der Hoffnung, dass er sich an den Geschmack gewöhnte, denn er brauchte etwas, um wach zu werden.

Wolfgangs Anwalt saß neben ihm, auch ein Anzugtyp, den man auf der Straße nicht wiedererkennen würde, so sehr war er Beruf und so wenig Mensch. Wolfgangs Glatze glänzte in der Sonne, die durch das Fenster hereinschien. Georg überlegte aufzustehen und die Vorhänge zuzuziehen, aber vielleicht half es, wenn Wolfgang ins Schwitzen geriet.

»Sie haben sich strafbar gemacht«, sagte der Anwalt. »Da Sie Frau Lemkes Aufenthalt nicht mit meinem Mandanten abgeklärt hatten, schalteten wir die Polizei ein. Die Ermittlungen gingen weiter, weil wir nicht sagen konnten, wo Sie sich befanden, Frau Lemke.«

»Ich habe Georg und Caro gebeten, mich abzuholen. Ich wollte da nicht bleiben, und ich will auch nicht in ein Pflegeheim«, sagte Frau Lemke. »Und ich bin sehr klar im Kopf.« Ihre Stimme klang sicher und bestimmt.

»Du musst ihn nicht in Schutz nehmen, Mutter«, sagte Wolfgang. »Er mischt sich in Sachen ein, die ihn nichts angehen.«

Georg blieb ruhig, wie er es sich vorgenommen hatte.

»Wir sollten an einer Lösung arbeiten, mit der alle zufrieden sind«, sagte er.

»Herr von Bülow hat die Vormundschaft über seine Mutter. Die Ärzte hatten ihm geraten, dass Frau Lemke nicht mehr allein leben, sondern Unterstützung bekommen sollte.«

»Ich möchte nicht in ein Pflegeheim, Wolfgang. Ich möchte auch nicht nach New York, ich möchte zu Hause bleiben.«

Wie mutig Frau Lemke war. Georg räusperte sich, nahm einen kleinen Schluck Kaffee. Wolfgang atmete laut neben ihm aus, es hörte sich missmutig an.

»Ich kümmere mich um sie«, sagte Georg. »Wir können das vertraglich regeln.«

Wolfgang lachte auf. »Du? Das haben wir ja gesehen. Die ganze Nacht lag sie hilflos in ihrer Küche.«

»Dafür gibt es eine Lösung, sie wird nicht mehr allein hier wohnen. Außerdem können wir einen Pflegedienst hinzunehmen.«

Frau Lemke blickte Georg fragend an, er nickte ihr zu.

»Es ist so«, sagte der Anwalt, »dass mein Mandant, wie Sie wissen, seinen Lebensmittelpunkt in New York hat und seine Mutter versorgt wissen möchte. Er hat keine Zeit, hin- und herzufliegen und seine Mutter zu pflegen.«

Wolfgang nickte.

»Sie sollte an einem Ort leben, an dem sie professionell betreut wird«, sagte der Anwalt.

Frau Lemke, die in ihrer eigenen Küche wie ein Gast wirkte, sagte: »Wir können vertraglich festlegen, dass Georg für meine Pflege und Unterstützung zuständig ist und du keine Verantwortung trägst, Wolfgang.«

Wolfgang schüttelte den Kopf.

Georg nahm einen weiteren Schluck Kaffee, nur um irgendetwas zu tun. Caro beobachtete schweigend das Geschehen, mit einem Gesichtsausdruck, als könne sie nicht glauben, was hier passierte.

»Ich weiß, dass du beruflich sehr eingespannt bist, und möchte dich entlasten«, sagte Frau Lemke.

Georg hörte an ihrer Stimme, wie sie ab und zu in die hohen Töne abrutschte, dass sie aufgeregt war.

»Es entlastet mich, wenn ich dich in einem Heim aufgehoben weiß und ich die Vollmacht habe, Entscheidungen zu treffen, wenn du dazu nicht mehr in der Lage bist. In deinem Alter passiert schnell etwas, und ich habe keine Zeit, erst einmal die rechtlichen Aspekte zu klären, bevor ich dich in ein Krankenhaus einweisen lassen kann. Und ich habe auch keine Zeit für eure Tricks, wie mit einer ausgestopften Katze oder so einen Bullshit.«

Sie blickten alle zu Ruthchen, die auf dem Sofa schlief.

»Und was ist, wenn ich dir das gesamte Erbe, all meine Ersparnisse bis auf die Rente, überschreibe, und du trittst die Verantwortung an Georg ab?«

Wolfgang sprang von seinem Stuhl auf, der scheppernd zu Boden fiel, ging ans Fenster und blickte hinaus.

Georg sah, wie Frau Lemke die Linien der Tischdecke mit dem Finger nachzog, wie Caro um Fassung rang.

Der Anwalt machte sich Notizen, und Georg war bereit, Wolfgang zu beschwichtigen, falls er ausflippte.

»Ein vorgezogenes Erbe also«, sagte Wolfgang schließlich, immer noch zum Fenster gewandt.

Frau Lemke nickte, sie hatte keine Kraft mehr, das spürte Georg. Wolfgang drehte sich um, fuhr sich über die Glatze, eine Bewegung wie ein Relikt aus der Zeit, als er noch Haare über der Stirn hatte, zog den Hosenbund hoch.

»Können wir so einen Vertrag aufsetzen, Manfred?«

»Das dürfte kein Problem sein«, sagte der Anwalt.

»Wir sollten das so aufteilen, dass meine Mutter einen Betrag zur Verfügung hat, für alle Fälle. Ich habe die Unterlagen, wo sich das Geld befindet.«

Er zog einen Ordner aus seiner Aktentasche. Danach hatte er also in der Wohnung gesucht.

»Wie lange brauchst du, um den Vertrag aufzusetzen? Mein Flug geht in drei Stunden.«

»Wir können den Vertrag hier zusammen erarbeiten, das müsste in einer halben Stunde gehen.«

»Ich bin müde«, sagte Frau Lemke. »Ich lege mich kurz hin und unterschreibe dann.«

Sie schaute ihren Sohn an, als überlegte sie, ihn zu umarmen, sagte nur »Danke, Wolfgang« und drehte sich zur Tür.

»Ich helfe Ihnen«, sagte Georg, stützte Frau Lemke. Sie waren schon im Flur, als er Caro sagen hörte:

»Ihre Mutter liebt Sie sehr. Sie hat uns auf der Reise erzählt, wie glücklich sie war, als sie Sie bekommen hat.« Caros Worte strahlten eine Wärme aus, die sein Innerstes erreichte. Er wagte nicht, sich umzudrehen, würde jedoch zu gern wissen, wie Wolfgang reagierte.

»Ich bin so erschöpft«, sagte Frau Lemke, als er ihr half, die Beine auf das Bett zu legen.

»Ruhen Sie sich aus. Wir wecken Sie, wenn Sie unterschreiben müssen«, sagte Georg.

Als er in die Küche zurückkehrte, saß Wolfgang mit dem Anwalt über dem Vertrag. Caro blickte aus dem Fenster, sie lächelte und schien sehr glücklich. Sie zwinkerte Georg zu. Er setzte sich Wolfgang und dem Anwalt gegenüber.

»Wir werden dir die Vollmacht übertragen, aber mit der Einschränkung, dass du mich über deine Entscheidungen in Kenntnis setzt.«

»Natürlich informiere ich dich.«

Wolfgang wirkte entspannter, menschlicher, auch wenn er immer wieder auf die Uhr schaute. Nur wenig von Frau Lemke sah er in ihm, und er fragte sich, wie es passieren konnte, dass man seinen Eltern so unähnlich war. Und auch er selbst, Georg, erkannte nicht viel von seinen Eltern in sich. Vielleicht die Passion seiner Mutter, alles für eine Sache zu geben, wenn er sich erst einmal dafür entschieden hatte. Es schien, als gebe es Kinder, die ausbrachen aus dem elterlichen Genpool.

Sie gingen den Vertrag durch. Georg verpflichtete sich, sich bis zu Frau Lemkes Ende um die Pflege zu kümmern. Er wusste nicht genau, was das in Zukunft für ihn bedeuten würde, aber er wusste, dass er es machen musste. Er unterschrieb alles, was der Anwalt aus seinem tragbaren Drucker herausließ, ging einzelne Punkte noch einmal telefonisch mit seinem Anwalt durch.

Er rechnete jederzeit mit Seitenhieben von Wolfgang, der sich aber friedlich verhielt. Georg unterschrieb die monatliche Informationspflicht, das Besuchsrecht des Sohnes und dass er im Falle des Todes allein für die Abwicklung verantwortlich wäre. Dafür wurde eine gewisse Summe zur Verfügung gestellt.

Wie sauber sich eine Familie juristisch trennen ließ.

Aber fühlte er sich deshalb wie Frau Lemkes Sohn?, fragte er sich. Eigentlich nicht, er fühlte sich wie Georg, der sich um Frau Lemke kümmerte. Wolfgang ging mit dem Vertrag in das Schlafzimmer, damit Frau Lemke unterzeichnen konnte. Der Anwalt gab sich erst gar nicht die Mühe, Small Talk zu machen, eine schweigende Abmachung, eine absurde Situation so zu belassen.

Wolfgang war allein mit Frau Lemke, aber Georg hatte keine Angst um sie, Wolfgang schien zahm. Georg würde wahrscheinlich nie erfahren, was die beiden sich zu sagen hatten, es war ihr Moment. Auch als Wolfgang zurück in die Küche kam, konnte Georg nichts in seinem Gesicht lesen, keine roten Augen, er wirkte weder zerstreut noch mitgenommen. Wolfgang machte ein paar Schritte auf ihn zu, Georg wich zurück, aber Wolfgang machte einen weiteren Schritt nach vorne, umarmte ihn. Georg spürte seinen Bauch, roch seinen Kaffeeatem.

»Pass auf sie auf«, sagte Wolfgang.

»Das mache ich.«

»Ihr wart immer so vertraut miteinander. Ich hatte mir immer gewünscht, zwischen mir und meiner Mutter wäre es so gewesen.«

»Aber du bist ihr Sohn.«

Dann nahm Wolfgang seinen Koffer, verabschiedete sich von Caro und verließ mit seinem Anwalt die Wohnung. Sie lauschten dem Klacken nach, als die Tür ins Schloss fiel.

»Ich habe Notfallzigaretten dabei«, sagte Caro.

Vom Balkon aus sahen sie Wolfgang in ein Taxi steigen und in sein Leben zurückfahren. Georg wurde schwindelig von der Zigarette, der Aufregung, der Hitze.

»Warum hast du das zu Wolfgang gesagt?«, fragte Georg. »Du weißt das doch gar nicht, was Frau Lemke damals gefühlt hat.«

»Jeder Mensch lebt glücklicher mit dem Wissen, dass seine Eltern ihn lieben. Auch ein Wolfgang hat das verdient.«

»Die beiden haben es sich nicht leicht gemacht«, sagte Georg.

Caro zog an der Zigarette, strahlte ihn auf einmal an.

»Ich habe vorhin einen Anruf bekommen«, sagte sie.

»Ja?«

»Anton hat den ersten Preis gewonnen!«

Ihr Schreien und Lachen hallte durch die Straße, Leute blieben stehen und schauten zu ihnen hoch. Aber was machte das schon.

Georg stand auf der Leiter und öffnete das obere Küchenfenster. Er musste mehrmals ziehen, es hatte sich verhakt über den Winter. Die Fliege, die gegen die Scheiben gebrummt war, fand ihren Weg nach draußen und flog davon. Er schaute ihr nach, wie der schwarze Punkt in der Weite verschwand, und atmete die noch kühle Frühlingsluft ein. Ein grauer Tag, die Sonne würde es heute wahrscheinlich nicht schaffen, die Wolken zu durchbrechen. Etwas rüttelte unten an der Leiter, er hielt sich fest.

»Ich will auch!«, rief Hannah-Luna.

Georg stieg rasch hinab, die Kleine stand schon auf der untersten Sprosse und war im Begriff, weiter hochzuklettern.

»Eine Leiter kann gefährlich sein, wenn man nicht aufpasst.« Und als er sah, dass Hannah-Luna enttäuscht war, sagte er: »Geh doch mal zu Caro ins Wohnzimmer, sie wollte Luftballons aufblasen.«

»Au ja«, rief Hannah-Luna und drehte sich so schnell um, dass ihr Kleid aufbauschte. Ein Prinzessinnenkleid, das Caro ihr geschenkt hatte, mit dem Hinweis, dass Mütter von Jungs so etwas manchmal machen mussten. Georg stellte die Leiter in die Abstellkammer zurück. Seit dem Unfall war Frau Lemke nicht mehr daraufgestiegen. Sie war generell nicht mehr so beweglich.

Georg sah zu, wie Frau Lemke die Schokoladencreme auf dem Kuchen verteilte und dabei Kai erklärte, dass es auf die richtige Konsistenz ankäme. Die Creme dürfe nicht zu fest sein, aber auch nicht zu flüssig. Kai zeigte Georg drei Finger, Frau Lemke erzählte das nun schon zum dritten Mal. Das geschah in letzter Zeit häufiger. Vor zwei Wochen hatte Georg das Gefühl gehabt, dass ihr sein Name nicht eingefallen war. Sie hatte es überspielt, einfach gerufen »Jetzt komm doch mal her, du«. Aber dafür kannte er sie zu lange.

Frau Lemke gab Kai den Teigschaber, damit er unter ihrer Anleitung den Kuchen fertig machen konnte, während sie sich um den anderen kümmerte. Zu Georgs Geburtstag hatte sie zwei Schokoladenkuchen gebacken. Sie war wieder elegant gekleidet heute, gestern hatte Georg sie extra zum Friseur bringen müssen. Für seinen Ehrentag, hatte sie gesagt.

Georg setzte sich zu Madeleine an den Tisch, die die kleine Marie stillte. Am Vortag hatte Frau Lemke schon das gute Meißner Porzellan aus dem Wohnzimmer geholt. Sie hatte sich von Georg nicht helfen lassen, hatte langsam die Tassen und Teller einzeln in die Küche getragen. Sie zog das rechte Bein leicht nach. Georg hatte das Gefühl, dass etwas in den Stunden, in denen Frau Lemke allein auf dem Boden gelegen hatte, verloren gegangen war.

Madeleine erhob sich, legte das Baby über die Schulter und klopfte ihm den Rücken.

»Kannst du kurz übernehmen, ich muss schnell Windeln von drüben holen«, sagte sie.

Georg stand auf, und sie gab ihm das Baby. Er verfiel sofort in einen Wiegeschritt. Madeleine lächelte ihn an, dann ging sie in die Wohnung nebenan, Frau Meyers Wohnung, in die sie mit einer Freundin gezogen war, nachdem Frau Meyer von ihren Kindern in einem Pflegeheim untergebracht worden war. Georg hatte ihnen den Tipp für einen freien Platz in einem günstigen Heim in Brandenburg geben.

Georg roch an dem Baby, sog den milchigen Geruch ein, in dem so viel Unschuld lag. Was wusste das Baby von Georgs Gedanken, ob er nicht vielleicht doch sein Vater war. Ob Madeleine nicht ihre eigene Wahrheit kreiert hatte, wie es Frau Lemke damals getan hatte. Was wusste das Baby davon, dass mit ihm eine neue Generation in dem Haus heranwuchs, dass mit ihm die Zeit weiterging, während sie zurückblieben. Alles war Veränderung, und sie fand statt, ob Georg sie akzeptierte oder nicht. Frau Lemke kam zu ihm und streichelte der kleinen Marie den Kopf.

»Endlich wieder ein Baby im Haus nach so langer Zeit.«

Kai nutzte die Gelegenheit und stellte die beiden fertigen Kuchen auf den Tisch, bevor Frau Lemke sich daranmachte. Hannah-Luna stürzte mit einem Ballon in die Küche, rief »Für dich«, gab ihn Frau Lemke und schlang ihre Arme um Frau Lemkes Beine, die schwankte.

Kai hielt ihren Arm und sagte zu Hannah-Luna: »Nicht so stürmisch!«

Frau Lemke sah erschrocken aus, doch nach nur wenigen Sekunden hatte sie ihre Gesichtszüge wieder unter Kontrolle. Es kostete sie mehr und mehr Kraft, die Normalität aufrechtzuerhalten, das merkte Georg. Oder was wir für Normalität halten, dachte er.

»Lass uns die Kerzen auf den Geburtstagskuchen stecken«, sagte Frau Lemke.

Hannah-Luna setzte sich auf den Kinderstuhl, der direkt vor dem Kuchen stand. Frau Lemke reichte ihr die Kerzen, und sie verteilte sie in einer wilden Anordnung auf dem Kuchen. Manchmal musste sich Hannah-Luna die Finger ablecken, wenn sie an der Schokoladencreme hängen geblieben war. Georg lief im Wiegeschritt mit der kleinen Marie, freute sich über Frau Lemkes Lächeln. Er hatte befürchtet, der Trubel könnte zu viel für sie werden, Frau Lemke war nach solchen Tagen erschöpft, und auch noch am folgenden Tag. Doch sie genoss es, wenn Kai alle seine Kinder bei sich hatte, wie sie es nannte.

Madeleine ließ sich Zeit, wahrscheinlich nutzte sie die Gelegenheit und rauchte heimlich eine Zigarette. Georg roch es manchmal auf seinem Balkon. Eine nasse Wärme lief von seinen Schultern den Rücken hinunter.

»Oje«, sagte Kai und nahm ihm das Baby ab. An der Stelle, an der es gelegen hatte, fühlte es sich jetzt kalt an. Kai wischte mit seiner freien Hand die Milch von Georgs T-Shirt, so gut es ging.

»Georg, komm.« Hannah-Luna zog ihn an der Hose. Sie ließ nicht locker, er musste ihr ins Wohnzimmer folgen.

»Alle für dich«, rief sie und ließ sich mitten in die Luftballons fallen.

An Kais Fünfziger-Jahre-Bar, die er in Frau Lemkes

Wohnzimmer gestellt hatte, das jetzt auch seines war, standen Bela und Caro. Bela schenkte sich einen Whiskey ein. So braun gebrannt passte er gar nicht in das Bild der winterblassen Geburtstagsgesellschaft. Vor einer Woche war er aus Australien zurückgekehrt und wohnte erst mal bei Georg. In einer Männer-WG, wie sie beide gern betonten. Bela überlegte, was er studieren sollte, Georg riet ihm »von irgendetwas mit Medien« ab.

»Echt coole Schuhe«, sagte Bela.

Georg hatte sich zu seinem Geburtstag seine Lieblingsturnschuhe in Gelb gegönnt. Eine gewagte Farbe, wie er fand, aber warum nicht. Er spürte das Shirt an seinem Rücken kleben. Hannah-Luna wollte die Flaschen aus der Bar räumen, Caro lenkte sie mit Ballons ab, die sie in die Luft warf. Sie hatte wieder dieses Strahlen, dieses Aufgeregte, Erwartungsvolle, das er so an ihr mochte. Gestern hatten sie zusammen im Zoo den Tiger besucht, auf den Caro es abgesehen hatte.

»Es kann losgehen«, rief Kai aus der Küche.

Frau Lemke stimmte »Happy Birthday« an, sobald er die Küche betrat. Es klang wie ein Wettbewerb, wer am lautesten singen konnte, ohne dabei auf Noten zu achten. Das Baby schrie mit. Auf dem Tisch brannten die Geburtstagskerzen in beiden Schokoladenkuchen.

»Alles, alles Gute, mein lieber Georg«, sagte Frau Lemke.

»Wünsch dir was und puste die Kerzen aus«, sagte Madeleine, die das Baby beruhigte.

»Ja, auspusten!«, rief Hannah-Luna.

Sie setzten sich um den Tisch. Er hielt kurz inne,

schaute alle an. Sie warteten darauf, dass er die Kerzen ausblies und der Kuchen angeschnitten werden konnte. Er überlegte, dass sie alle seit seinem letzten Geburtstag näher zusammengerückt waren, dass sein Haus voller Freunde war. Er blickte auf Frau Lemke, die mittendrin saß und strahlte, ab und an rieb sie sich die Stirn. Dann rutschte ihr Blick zur Seite, gedankenverloren.

Nichts würde so bleiben, wie es war.

Er schaute Frau Lemke an, holte tief Luft, wünschte sich, dass sie noch ein wenig Zeit hätten zusammen. Dann pustete er die Kerzen aus. Hannah-Luna half ihm, mit einer Ladung Spucke, die sie über den Kuchen blies. Georg beschloss, das zu ignorieren. Sie verteilten die Kuchenstücke auf die Teller, mit einem Klacks Sahne an der Seite.

Die Schokolade schmolz in seinem Mund, das Süße und leicht Bittere zugleich. Er nahm einen Löffel Sahne nach, wie zum Neutralisieren. Er konnte sich nichts Besseres vorstellen, als seinen 47. Geburtstag hier in der Küche mit Frau Lemke und mit seinen Freunden zu feiern. Auf dem Sofa schlief Ruthchen, als wäre nichts geschehen.

Danke

Auf dem langwierigen, zuweilen verworrenen Weg zum fertigen Roman begleiteten mich viele Menschen, trugen mich manchmal ein Stück oder schubsten mich an weiterzugehen.

Danke Britta Sembach, die mir im richtigen Moment die passenden Fragen stellte. Danke meinen beiden Erstleserinnen, die mir am Ende das Gefühl gaben, dass die Geschichte gut geworden ist. Dorothee Brix prägte mit ihrer Liebe für die Figuren und mit ihrer Genauigkeit den Roman sehr. Marion Boginski gab mir entscheidende Hinweise und inspiriert mich auf so vielen Ebenen.

In der Darmstädter Textwerkstatt unter der Leitung von Kurt Drawert fand ich drei Jahre lang meine literarische Heimat. Danke besonders dem Jahrgang 2017/2018. Der Zuspruch, aber auch die Kritik trieb mich an, die Geschichte weiterzuschreiben.

Danke an meine Lektorin Meike Stegkemper, die *Ruthchen schläft* entdeckte und darin das las, was ich meinte. Daniel Kampa schrieb den magischen Satz: »Ich würde mich sehr freuen, wenn Ruthchen, Georg und Frau Lemke eine Heimat in unserem Verlag finden würden.«

Ingo Kopmann öffnete seine Werkstatt für Tierpräparationen für mich, ließ mich bei seiner Arbeit zuschauen und erzählte mir vieles über seinen Beruf. Alles, was in dem Roman nicht mit dem Beruf eines Tierpräparators übereinstimmt, entstammt meiner Phantasie und nicht seinem Bericht.

Danke Kerstin Topp, die mir den Namen ihrer Katze schenkte. Ruthchen war die Königin der Kreuzberger Hinterhöfe. Möge sie mit Sammy, der in der Schlussphase des Romans nicht von meiner Seite wich, in den heiligen Jagdgründen fangen, was auch immer sie glücklich macht.

Und schließlich Danke an meine Liebe, Casey, der meinen Drang, allein zu sein, erträgt, und der, wenn ich dann doch aus meinem Zimmer komme und ihm meine Geschichten erzähle, das einzig in diesem Moment Mögliche sagt: »It's great!«

Danke an meine andere Liebe, meine Tochter, die den Satz »Ich kann so nicht schreiben« viel zu oft von mir gehört hat und die trotzdem einfach in mein Zimmer läuft, wenn sie mir etwas sagen muss. So soll es sein.

Wenn Ihnen dieses KAMPA POCKET gefallen hat, gefällt Ihnen vielleicht auch der Lesetipp auf der gegenüberliegenden Seite.

Schicken Sie uns bitte Ihren LIEBLINGSSATZ aus einem Kampa Pocket, bei einer Veröffentlichung auf unseren Social-Media-Kanälen bedanken wir uns mit einem Buchgeschenk: lieblingssatz@kampaverlag.ch